Finley!

Frecher Kerl mit Herz

* * *

*Lass dich fallen
und ich fange dich auf.*

* * *

Josie Kju

Finley!
Frecher Kerl mit Herz

Bibliografische Information der Deutschen National-bibliothek:
Die Deutsche Nationalbibliothek verzeichnet diese Publikation in der Deutschen Nationalbibliografie; detaillierte bibliografische Daten sind im Internet über http://dnb.dnb.de abrufbar.

© *2019 by Josie Kju*
Die Rechte liegen bei der Autorin. Nutzung, Vervielfältigung, auch in Auszügen, ist untersagt.

Lektorat und Korrektorat: Rebecca Resch
Covergestaltung: Anke Koopmann,
Designomicon, München
Covermotiv: Anke Koopmann unter Verwendung von Motiven von © iStock.com

Herstellung und Verlag: BoD – Books on Demand, Norderstedt

ISBN: 978-3-7412-5095-8

Inhaltsverzeichnis

Prolog 8

Kapitel 1   *Ward Vineyard* 17

Kapitel 2   *Hi, ich bin Finley!* 24

Kapitel 3   *Über die Stränge geschlagen* 29

Kapitel 4   *Linnea Holmqvist* 33

Kapitel 5   *Schwer zu tragen* 35

Kapitel 6   *Beobachtungen* 45

Kapitel 7   *Wildes Finnland* 57

Kapitel 8   *Peinlichkeiten* 68

Kapitel 9   *Jetzt kommt Licht in die Sache* 72

Kapitel 10   *Pure Angst* 77

Kapitel 11   *Schlechte Stimmung* 79

Kapitel 12 *Keine Zufälle* 88

Kapitel 13 *Die Wolken verziehen sich* 101

Kapitel 14 *Ward Vineyard* 112

Kapitel 15 *Liam vor* 138

Kapitel 16 *Party* 145

Kapitel 17 *Nachspiel* 161

Kapitel 18 *Malibu* 198

Kapitel 19 *Surfing* 207

Kapitel 20 *Unerwartete Gefühle* 222

Kapitel 21 *Alles hat ein Ende* 242

Kapitel 22 *Kalifornien again* 248

Kapitel 23 *Das Blatt soll sich wenden* 261

Kapitel 24 *Trautes Heim* 284

Kapitel 25 *Geburtstag*	292
Hier finden Betroffene Hilfe	301
Danksagung	302
Rezept	303
Bisher erschienene Titel der Autorin	305

Prolog

Was vor 16 Jahren in Finnland geschah:

Irgendwann wird es Zeit Adieu zu sagen.

Mona

Eine Woche nach Grannys Beisetzung werden alle zu einem Notar bestellt. Und was wir dort erfahren, schlägt dem Fass den Boden aus. Der Notar liest vor:

Testament

Ich, Josephine Nieminen, verfüge im Vollbesitz meiner geistigen Kräfte folgendes:

Mein Haus in Helsinki soll mein treuer Freund Richard erhalten. Danke, dass Du mich die letzten Jahre ertragen hast.

Meine Kinder, Leo und Sofia, erhalten jeweils eine Million US Dollar.

Mein Weingut „Ward Vineyard" mit allen zugehörigen Ländereien in Napa Valley, Kalifornien, erben meine vier Enkel: Kimi, Leevi, Mirja und Lauri, zu gleichen Teilen. Das restliche Barvermögen geht ebenfalls an Euch. (Ihr müsst alle Entscheidungen gemeinsam treffen!)

Für meine Urenkelkinder (es werden bestimmt noch mehr) wird ein Treuhandfond von einer Million US Dollar eingerichtet. Dieses Geld darf ausschließlich für deren Ausbildung Verwendung finden.

Jack Goodwin und Taylor King erhalten jeweils 250.000,- US Dollar für ihre treuen Dienste auf „Ward Vineyard". (Ihr solltet Jack als Verwalter und Taylor als Kellermeister behalten.)

Je 100.000,- US Dollar vermache ich Daisy Hobbs und Abigail Warren. (Kümmert Euch gut um meine Nachkommen, meine Lieben.)

Meine Schwiegerenkelinnen sollen meinen Schmuck bekommen. Penelope, Dir hat der blaue Ring doch so gut gefallen, er soll Dir gehören. Über alles andere werdet Ihr Euch schon einig werden. Da bin ich mir ganz sicher. Ihr wart mir immer eine ganz besonders große Freude!

Nähere Hintergründe erfahrt Ihr, wenn Ihr Monas neuestes Buch lest. Danke, Mona, dass Du alles zu Papier gebracht hast. Es war mir wirklich ein großes Anliegen, mit allem reinen Tisch zu machen.
Natürlich stehen Dir alleine alle Tantiemen aus dem Buchverkauf zu. (Dass Gregory mir sein Hab und Gut vererbt hat, und ich das Weingut geleitet habe, musst Du bitte noch einfügen. Das waren meine letzten Geheimnisse. Jack und Taylor können Dir die Einzelheiten erläutern.)

Und sorgt dafür, dass Irmas Grab in Norwegen stets gepflegt wird. Mein Irmchen! Meine ver-

schwiegene Mitwisserin in all den Jahren. Ihr verdanke ich so viel.

Das Haus in Flåm (Norwegen) vermache ich Richard, meinen Kindern und Enkelkindern zu gleichen Teilen. Ihr könnt es als Ferienhaus nutzen oder vermieten. Das habe ich in den letzten Jahren auch getan. Und nicht zu vergessen das Haus in Malibu. Das wird auch unter allen aufgeteilt.
Ach ja, und sollte die Familie von Adolfo Costa, Winzer aus der Toskana, irgendwann einmal in Schwierigkeiten geraten, helft ihnen. Sie haben mir nach Gregorys Tod und im Jahr der Hitzewelle sehr geholfen und immer mit Rat und Tat zur Seite gestanden.

So, und nun hört auf zu heulen und macht Euch an die Arbeit. Es gibt viel zu tun.

Ich hatte ein wunderschönes Leben.

In unendlicher Liebe und Dankbarkeit,

Eure Josie

*

Was Granny ihren Enkelkindern vermacht hat, ist einfach unbeschreiblich! Das Weingut umfasst mehr als 2.500 Hektar Land samt riesigem Herrenhaus, der Weinkellerei, den ganzen Wirtschafts- und Lagerräumen. Den gesamten Umfang konnten wir noch gar nicht überblicken. Und natürlich sorgt es immer wieder für Gesprächsstoff. Keiner kann begreifen, dass Granny nie etwas davon erzählt hat. Für mich ist es eine weitere Meisterleistung von ihr, dass sie das alles so stillschweigend und offensichtlich höchst erfolgreich dirigiert hat.

Tag und Nacht sind all meine Gedanken bei Granny und ihrem unverhofften Tod. Und dann ist mir klar, was wir tun müssen.

„Ich finde, wir sollten einen Teil von Josies Asche mit nach Kalifornien nehmen."

„Was?" Leevis Kopf ruckt herum.

„Josie gehört zu Gregory und *Ward Vineyard*, wie sie zu euch und Finnland gehört."

Natürlich ist es verboten, einfach so eine Urne von A nach B zu transportieren. Weshalb wir den Bestatter nicht einfach bitten können, die Marmortafel noch einmal abzunehmen, die Urne herauszuholen und etwas Asche umzufüllen. Also wird in einer generalstabsmäßig geplanten Nacht und Nebel Aktion ein Teil von Grannys Asche stibitzt.

So macht sich der ganze Tervo Clan, siebzehn Personen stark, auf den Weg nach Kalifornien. Penelope und Baby Finley sind natürlich auch dabei. „Das lasse ich mir auf keinen Fall entgehen", hat sie gesagt und spitzbübisch gelacht. „Wer weiß, was dort noch alles herauskommt."

*

Und dann bekommt Josie eine zweite Beisetzung unter der wärmenden Sonne Kaliforniens, an der Seite ihres geliebten Gregory.

Über 300 Angestellte sind mit ihren Familien zu diesem Anlass gekommen. Außerdem scheint das halbe Valley auf den Beinen zu sein und strömt auf den Friedhof. Menschen soweit das

Auge reicht. Ich kann nicht mehr aufhören zu schluchzen. Wir alle sind in Tränen aufgelöst und tief gerührt. Aber es fühlt sich gut an, so als hätten wir Granny nach Hause gebracht.

Jack Goodwin hält eine Grabrede, die unvorstellbar bewegend und so wundervoll ist, dass ich sie mir am liebsten jeden Tag anhören möchte.

„Verehrte Familie Nieminen", Jack verbeugt sich leicht in unsere Richtung, „liebe Freunde, geschätzte Kollegen. Wir haben uns heute hier versammelt, um die Asche von Josephine Nieminen zu Grabe zu tragen. Wir alle hatten das große Glück und die Ehre, sie kennenlernen zu dürfen. Es erfüllt uns mit Demut, dass sie nun für immer bei uns bleiben wird und wir danken ihrer Familie, dass Sie sie uns zurückgebracht hat."

Mir entkommt ein kleiner Schluchzer und Leevi drückt mich an sich. Auch er zittert und ringt um Fassung, ich kann es deutlich spüren.
„Nach Mr. Gregorys Tod hat Frau Nieminen nahtlos die Führung übernommen, als hätte sie nie etwas anderes getan. Mit ihrer Klugheit, Umsicht und Weitsicht, hat sie zukunftsweisende

Entscheidungen getroffen. Wobei das Wohl ihrer Leute für sie immer an erster Stelle stand. Die letzten Jahrzehnte waren geprägt von der gerechten und innovativen Leitung Josephine Nieminens. *Sie*, hat uns in das zwanzigste Jahrhundert geführt. *Sie*, hat *Ward Vineyard* zu dem gemacht, was es heute ist; ein weltbekanntes Wein- und Schaumweinimperium. Wir verdanken Ihnen alles, verehrte Miss Josie! Wir werden Sie niemals vergessen."

*

Ward Vineyard wird weiterleben!

Tage, Wochen und Monate werden kommen und gehen, ebenso wie die Jahreszeiten.

Die Trauben werden wachsen und gedeihen, vielleicht in einem Jahr besser, in dem anderen schlechter. Es wird hoffentlich jedes Jahr eine neue Ernte geben, um den Erfolg von *Ward Vineyard* aufrecht zu erhalten.

Josephines Enkel werden das Lebenswerk von Gregory und ihrer Granny gemeinsam weiterführen und sich um alles und jeden kümmern, bis die nächste Generation herangewachsen ist.

Kapitel 1

Kalifornien, Ward Vineyard

Lauri

Als ich das Büro betrete, hämmert Penelope gerade wild irgendwelche Zahlenreihen in den Computer.

„Ich muss dir etwas sagen, Pe", fange ich es vorsichtig an.

„Hm?" Sie schaut nicht auf.

„Finley hat was angestellt."

Jetzt schnellt ihr Kopf nach oben und sie kneift alarmiert ihre Augen zusammen.

„Was hat er gemacht?"

Er hat sich in letzter Zeit wirklich einige Mätzchen geleistet, unser Herr Sohn. Seit er die Schule gewechselt hat, ist er in einen Freundeskreis geraten, der uns überhaupt nicht gefällt. Allesamt verzogene, neureiche Jungs, die außer Partys nichts im Kopf haben und das Geld ihrer Eltern mit vollen Händen für Luxusschnickschnack ausgeben.

„Hat er wieder eine schlechte Note mit nach Hause gebracht? Ich verstehe das nicht. In seinem Alter habe ich bereits eifrig jeden Cent für meine große Schiffspassage gespart. Der Junge hat einfach keine Ziele, keinen Ehrgeiz."

„Nein, keine schlechte Note." Ich kratze mich am Kopf und ducke mich innerlich schon, weil ich weiß, dass Pe gleich explodieren wird. „Er hat was mit der Tochter von Marc Miller", antworte ich etwas verzögert auf ihre Frage.

„Was soll das heißen, ,*er hat was mit der Tochter von Marc Miller*'?"

Penelope ist von ihrem Schreibtischstuhl aufgesprungen und baut sich bedrohlich vor mir auf. Die Hände in die Seiten gestemmt, funkelt sie mich an. Sie ist immer noch so schlank und zierlich wie früher. Nicht zu fassen, dass dieses schmale Becken noch drei weitere Kinder auf die Welt gebracht hat und ich bin immer noch total verrückt nach ihr. Die drei Jungs kommen ganz nach mir. Blond, na ja eher rotblond, blaue Augen, fast türkis. Nur bei Sari, unserer jüngsten, süßen Zuckerschnute, haben Penelopes Gene mit voller Wucht zugeschlagen. Mit ihren roten Locken und Augen, die mehr grün als blau sind, kommt sie ganz nach ihrer Mutter.

„Hat er sie geküsst oder was? Nun rück schon raus mit der Sprache", reißt mich ihre wütende Frage aus meinen Gedanken. Ich muss mich schwer zusammenreißen, um ernst zu bleiben und ein Grinsen zu unterdrücken.

„Na ja, die Situation war eindeutig", antworte ich immer noch ausweichend. Penelopes ohnehin schon große, grüne Augen werden noch größer.

„Du willst mir jetzt nicht sagen, dass unser Sohn mit diesem Mädchen geschlafen hat?"

Ich verziehe mein Gesicht, zucke mit den Schultern und nicke. Sogleich trommeln ihre kleinen Fäuste auf meinen Brustkorb ein.

„Hör gefälligst auf zu grinsen", schreit sie mich an, „das ist eine ernste Angelegenheit. Wie alt ist das Mädchen?"

„Keine Ahnung."

Mühelos halte ich sie an ihren Handgelenken fest und küsse sie einfach. Das wirkt immer und sie wird sofort weich in meinen Armen. Es hat sich in den ganzen Jahren nichts geändert zwischen uns, gar nichts. Aber dann schafft sie es, sich von mir zu lösen.

„Ist dir eigentlich klar, dass er dafür ins Gefängnis wandern kann? Sex mit einer Minderjährigen! Das Schutzalter in Kalifornien liegt bei 18 Jahren. Das ist Unzucht mit Minderjährigen."

„Pe, jetzt beruhige dich mal. Wo kein Kläger, da kein Richter und die Kleine sah nicht so aus, als hätte sie was dagegen gehabt."

„Sag bloß, du hast sie in flagranti erwischt? Das glaube ich jetzt nicht. Wo?", regt sie sich weiter auf.

„Das spielt doch keine Rolle. Außerdem weiß er, wie man Kondome benutzt."

„Ach ja! Von dir etwa? Na, da hat er ja vom Meister höchstpersönlich gelernt. Und der Satz müsste eigentlich heißen: Wie man Kondome *richtig* benutzt."

Sie muss immer noch ein bisschen nachsticheln, meine geliebte Pe. Dabei ist es ihre Schuld gewesen, weil sie mich damals in Leevis Aufzug so dermaßen gedrängt hat.

„Na komm, wir gehen in die Küche und ich mache dir einen Tee", gehe ich gar nicht auf ihren Vorwurf ein, packe einfach ihre Hand und ziehe sie hinter mir her, weil mir klar ist, dass sie protestieren wird.

„Ich will jetzt aber keinen Tee", zetert sie da auch schon los.

„Doch, willst du. Der wird dir guttun."

Ich verfrachte sie auf einen Küchenstuhl und stelle den Wasserkocher an. In diesem Moment taucht Finley auf. Ungünstiger Moment, Junge, extrem schlechter Zeitpunkt sogar! Vermutlich hat er wieder mal Hunger, er hat ja immer Hunger, so wie Leevi, das muss er von seinem Patenonkel haben. Ich will ihm gerade ein Zeichen geben, dass er verschwinden soll, da hat ihn Penelope aber schon entdeckt. Sie springt auf und schnappt ihn am T-Shirt.

„Ah, mein feiner Herr Sohn lässt sich blicken. Ich habe schon gehört, was du angerichtet hast. Bist du eigentlich von allen guten Geistern verlassen?", brüllt sie. „Dafür wanderst du in Amerika in den Knast, ist dir das klar?"

Finley tut genau das, was er unter keinen Umständen tun sollte, wenn Pe in Rage ist. – Er grinst!

„Echt? Wow! Da müssen die Gefängnisse ja überquellen."

Penelopes Gesichtsfarbe wechselt von Rot zu Dunkelrot. Mit ihrer freien, rechten Hand holt sie aus und verpasst ihm eine schallende Ohrfeige.

„Dir werden deine Frechheiten noch vergehen", brüllt sie, bevor sie in einem gefährlich ruhigen Ton weiterspricht. „Wir schicken dich für ein Jahr nach Finnland. Da kannst du dir deinen kleinen, vorwitzigen, Sch… Hintern abfrieren. Und du kommst erst wieder zurück, wenn du in allen Hauptfächern eine Eins vorzuweisen hast. Es ist eine Schande, wie du dich benimmst. Und den Umgang mit diesen komischen Freunden verbiete ich dir. Hast du das verstanden?"

Außer einem kleinlauten „Ja", sagt er Gott sei Dank nichts. Sie lässt ihn los und dreht sich zu mir um. Finley hält sich seine Wange. Ich gebe ihm unmissverständlich zu verstehen, dass er schleunigst verschwinden und jetzt bloß den Mund halten soll. Was er auch ohne Widerworte tut.

„Denkst du, es ist eine gute Idee, ihn zu Leevi zu schicken?"

„Wer spricht denn hier von Leevi?", sagt Penelope und jetzt ist sie diejenige, die grinst, fast ein bisschen bösartig, habe ich den Eindruck.

„Ich werde Mirja und Daniel fragen, ob sie ihn bei sich aufnehmen. Ihre Kinder sind die wohlerzogenste Bande, die mir je begegnet ist. Und für Kost und Logis wird unser Herr Sohn bei Daniel arbeiten. Wir werden ihm sein großkotziges Gehabe schon austreiben."

Kapitel 2

Hi, ich bin Finley!

○

Also ich bin Finley (17), der älteste Sohn von Penelope Kolesnikow und Lauri Tervo, und als einziger noch in Finnland zur Welt gekommen. Als ich knapp drei Jahre alt war, sind wir nach Kalifornien gezogen, um das Weingut zu leiten, das meine Urgroßmutter ihren Enkelkindern, also auch meinem Vater, hinterlassen hat. Ich habe noch drei Geschwister bekommen. Meine Brüder Liam (14) und Glen (12) und meine kleine Schwester Sari (7). Erst nach der Geburt meiner Schwester haben meine Eltern den Entschluss gefasst zu heiraten, was eine ziemlich peinliche Angelegenheit war, aber gut. Meine Mutter legt großen Wert darauf, dass wir möglichst viele Sprachen lernen und so sprechen wir mit unserer Mutter Englisch, mit unserem Vater Finnisch, mit unserer Köchin Italienisch und mit meinen Pateneltern, Mona und Leevi, Deutsch. Leevi ist der größere Bruder meines Vaters und da seine Frau aus Deutschland kommt, lernen wir eben auch diese Sprache. Mein Patenonkel Leevi ist übrigens der Leadsänger von *OneWay*. Eine legendäre und immer noch sehr angesagte Rock-Pop-Band, die seit Jahrzehnten große Erfolge feiert. Nicht schlecht, oder? Das bringt natürlich verdammt viele Pluspunkte bei den Mädels mit sich. Freikarten zu den Konzerten und so. Leider spielt er hauptsächlich in Europa. Trotzdem hätte ich es mit meiner Familie schlechter treffen können. Was man in Kalifornien aber ganz schnell lernt, ist: Wenn du Geld hast, hast du alles! Großes Haus, tolle Klamotten, cooler Haarschnitt, eigenes Auto, gleichgesinnte Freunde und, jetzt kommt das allerbeste, all das zieht Mädchen magisch an. Glaubt mir, das ist so!

Mein Urgroßvater war übrigens der berühmte Gregory Ward. Na ja, das stimmt nicht ganz, weil meine Urgroßmutter und er nie geheiratet haben, aber wer möchte schon so kleinlich sein. Jedenfalls ist sein Name im ganzen Valley bekannt und man weiß, dass ich als ältestes Urenkelkind (zumindest hier vor Ort) der nächste Erbe des Weinimperiums sein werde. Urgroßvater Greg war einer der Mitbegründer der Napa High, eine Privatschule, die ich seit kurzer Zeit besuche. Von der alten Schule bin ich vor etwa sechs Wochen geflogen. Ich habe eine nicht ganz jugendfreie Bemerkung über eine Lehrerin gemacht und prompt hat es ein anderer Lehrer im Gang aufgeschnappt. Zuerst habe ich mich geärgert, dass ich so dumm war mich erwischen zu lassen, aber im Nachhinein kann ich nur sagen, dass es das absolut Beste war, was mir passieren konnte, denn sonst wäre ich niemals auf der Napa High gelandet. Außer meinem alten Freund Yuma, den ich bereits aus der Grundschulzeit kenne, vermisse ich nichts.

Auf die Napa High gehen Kinder von Filmschauspielern, Senatoren, Konzern- und Bankvorständen, von Medienmogulen, Richtern und Staatsanwälten oder einfacher ausgedrückt, Kinder von reichen Leuten, von richtig reichen Leuten. Kinder von Leuten, die sich keine negativen Schlagzeilen und Skandale leisten können und die wissen, wie man so etwas geschmeidig regelt, nämlich mit Geld. Wer Geld hat, hat Macht! Hier wird es sich also kein Dekan der Welt wagen, mich hinaus zu schmeißen.

Die erste Frage an dieser Schule ist nicht: „Wie heißt du?" Die erste Frage an dieser Schule ist: „Was machen deine Eltern?"

„Meine Eltern verwalten ein großes Weingut", antworte ich Zac Hanson, der mich in der Pause anspricht. Sein Vater ist Wahlkampfleiter des Senators.

„Welches? In Napa gibt es viele."

„*Ward Vineyard.*"

Jetzt haben sich noch mehr Jungs um mich versammelt. Manche pfeifen durch die Zähne und mir wird anerkennend auf die Schulter geklopft.

„Wow! Nicht schlecht. Glückwunsch, Alter!", ertönt es um mich herum. „Dann musst du der Urenkel des legendären Gregory Ward sein."

„Ja, genau."

„Wirst du den ganzen Kram mal erben oder hast du Geschwister?"

„Ja, habe ich, die sind aber alle jünger als ich."

„Ein Bild deines Urgroßvaters hängt in der Halle, er war einer der Mitbegründer der Napa High", meint ein blonder Surferboy, ich glaube sein Name ist Ed.

„Ich weiß", antworte ich ihm höflich und nicke.

„Na dann, herzlich willkommen, Greg Junior!", sagt Zac und legt seinen Arm um meine Schulter, als wären wir die besten Freunde. Noch acht weitere Jungs stellen sich mir vor. Wir schütteln uns die Hände und von da an bin ich für alle Greg und nicht mehr Finley Tervo.

Kapitel 3

Über die Stränge geschlagen.

Ja, gut, in letzter Zeit habe ich etwas über die Stränge geschlagen. Aber muss man mich deshalb gleich ans Ende der Welt verbannen? Und ausgerechnet jetzt, wo ich mich an der neuen Schule so gut eingewöhnt, und tolle Freunde gefunden habe? Nach einer lahmen Einstandsparty, die ich in einer unserer Lagerhallen abhalten musste – was total peinlich war – haben meine neuen Freunde die Party zu meinem 17ten Geburtstag organisiert und mir ein Geschenk auf zwei Beinen gemacht. Ihr wisst schon, was ich meine. Seitdem gibt es kein Halten mehr für mich. Wilde Partys, laute Musik, Alkohol, Pillen, hemmungslose Mädchen. Glaubt mir, ich habe die freie Auswahl. Die Girls hängen wie Kletten an mir, das muss meinem einzigartigen Charisma, meinem fabelhaften Aussehen und meinem tadellosen Body geschuldet sein.

Doch jetzt soll ich hier weg! Mist! Allerdings kenne ich meine Mom, wenn sie sich einmal etwas in den Kopf gesetzt hat, weicht sie keinen Millimeter mehr davon ab. Verdammte Sch… Ich hätte wirklich die Finger von der kleinen Miller lassen sollen. Aber es war so praktisch, da sie quasi jeden Tag auf dem Weingut herumstreift und mich sowieso anhimmelt.

Obwohl, bei Onkel Leevi hätte ich natürlich auch ein cooles Leben und süße Mädchen gibt es in Finnland ebenfalls. Ich werde mich also reumütig den Anordnungen meiner Eltern fügen und das beste daraus machen. ;-)

Nachdem ich mich von meinen Geschwistern verabschiedet habe, Sari hat herzzerreißend geweint, bringen mich meine Eltern zum Flughafen – als wollten sie sichergehen, dass ich wirklich in das Flugzeug nach Helsinki steige. Meine Mutter umarmt mich: „Sei schön brav und gib Mirja und Daniel keine frechen Antworten, hörst du?"

„Klar", sage ich cool, „ich werde sie schon mal kurz besuchen."

„Du wirst sie für sehr lange Zeit besuchen, mein Sohn", entgegnet meine Mutter sachlich und ohne eine Miene zu verziehen, „du wirst nämlich bei ihnen wohnen und für Kost und Logis bei Daniel in der Werkstatt helfen."

„Haha, aber ich wohne doch schon bei Leevi", lache ich und versuche mir meine Verwirrung nicht anmerken zu lassen.

„Nein", sagt mein Vater plötzlich mit einer Strenge in der Stimme, die ich gar nicht von ihm kenne. „Du wirst bei meiner Schwester Mirja wohnen und wir hoffen, dass sie dich zu einem besseren Menschen erziehen kann. Uns ist es ganz offensichtlich nicht gelungen."

Wow! Er schüttelt mir die Hand und drückt mich flüchtig. „Mach`s gut."

„Wie? Ich soll bei Tante Mirja wohnen? Das ist ja wohl der Scherz des Tages. Bei diesen Spießern?"

Ich bekomme keine Antwort auf meine Frage. Mom hat ihre Arme vor der Brust verschränkt und sagt lediglich: „Beeil dich besser. Dein Flug wurde schon aufgerufen, wäre doch jammerschade, wenn der Flieger ohne dich abhebt."

Ja, das ist wohl ihre größte Sorge. Ich könnte toben, brüllen, schreien und einen Aufstand machen, aber diesen Gefallen tue ich ihnen nicht. Ohne ein weiteres Wort drehe ich mich um, steige in diesen verdammten Flieger nach Helsinki und schwöre mir, bei Tante Mirja den Musterneffen abzugeben. Jaana, die älteste Tochter von Tante Mirja und Onkel Daniel, studiert seit ein paar Monaten in London. Mein Cousin Elias wird nächstes Jahr nach Kanada gehen, um dort Sport zu studieren. Er ist ein Ass im Nachwuchsteam der Finnischen Eishockey Nationalmannschaft. Helena ist die jüngste der drei und ziemlich süß, die werde ich schon um meinen kleinen Finger wickeln.

Am Flughafen werde ich von allen erwartet und herzlich begrüßt, bevor wir uns auf den Weg zu ihrem Haus machen. Ich werde in Jaanas Zimmer wohnen, also richte ich mich ohne Widerworte ein und ab Montag soll es auch schon in die örtliche Schule gehen. Meine Verwandten haben alles organisiert. Toll! Ich freue mich wie Bolle, wieder eine staatliche Schule mit all den Strebern und Spießern besuchen zu dürfen …

* * *

Kapitel 4

Linnea Holmqvist

Klamotten, Partys, Make-up, künstliche Fingernägel, Klatsch und Tratsch, für all das hat die 16-jährige Linnea überhaupt keine Zeit und vor allen Dingen keinen Nerv.

Linnea schläft auf dem Sofa. Ihre Hausaufgaben erledigt sie am Küchentisch und mit ihrem altersschwachen Laptop. Sie hat nur eine echte Freundin, Tia, die sie bereits aus der Vorschulzeit kennt. Sie ist die Einzige die weiß, wie Linnea früher einmal war. Ein Sonnenschein. Immer gut aufgelegt und für jeden Spaß zu haben, die immer lieber draußen war, als drinnen mit Puppen zu spielen. Die vor nichts Angst hatte und einfach alles angepackt hat, aber diese Zeiten liegen lange zurück. Seit dem Unfall ist nichts mehr, wie es einmal war. Die Stimmung der Familie ist immer gedrückt. Ihre Mutter ist heillos überfordert und Linnea geht es nicht anders. Jeden Tag begleitet sie die Angst, dass es noch schlimmer werden könnte. Trotz allem ist sie Klassenbeste und hat auch nicht vor nachzulassen, denn sie will ihren Traum wahr werden lassen und eines Tages Medizin studieren. Das ist ihr großes Ziel, darauf arbeitet sie verbissen hin und nichts und niemand wird sie davon abbringen können.

Kapitel 5

Schwer zu tragen

Finley

Als ich zur Bushaltestelle schlendere – ja, in Finnland muss ich wieder Bus fahren – fällt mir auf der gegenüberliegenden Straßenseite ein Mädchen auf, welches mit zwei prall gefüllten Einkaufstaschen unterwegs ist. Sie trägt einen abgewetzten grünen Parka, deren Kapuze sie weit in ihr Gesicht gezogen hat. Irgendetwas an ihr kommt mir bekannt vor. Ihre aufrechte Haltung, der schnelle Gang. Das könnte Linnea sein. Linnea aus meiner Klasse. Das Mädchen, das niemals lacht. Ich kenne sie bisher nur in ihrer adretten Schuluniform, daher habe ich sie nicht direkt erkannt. Ich weiß nicht, welcher Impuls mich in dem Moment über die Straße rennen lässt.

„Linnea? Bis du das?" Das Mädchen geht so schnell, dass ich mehr als einen Zahn zulegen muss, um sie einholen zu können. „Linnea!", rufe ich laut, als ich kurz hinter ihr bin. Erschrocken fährt sie herum. Ja, sie ist es. Diese großen blauen Augen, umrahmt von langen Wimpern, und ihr Porzellanteint lassen keinen Zweifel. Ihre kleine Nase und ihre Wangen sind leicht gerötet von der Kälte und das sieht ganz bezaubernd aus. Aber mir kommt es so vor, dass ihr die schweren Taschen gleich die Arme auskugeln.

„Komm, ich helfe dir", sage ich und greife nach den Griffen der Tragetasche, die sie in ihrer linken Hand hält.

„Musst du nicht", brummt sie, dreht sich um und geht weiter.

„Was soll denn das?" Ich setze mich unverzüglich auch wieder in Bewegung. „Lin! Jetzt bleib doch mal stehen."

Das tut sie tatsächlich, doch ihr Blick ist alles andere als dankbar. „Mein Name ist Linnea", pflaumt sie mich an. „Was willst du, Tervo?"

„Ich will dir helfen, Herrgott noch mal. Ist das verboten?"

„Ich will nichts mit dir zu tun haben. Verschwinde."

Häh! Was soll das denn jetzt? „Was soll das heißen, du willst nichts mit mir zu tun haben?" Ich haste schon wieder hinter ihr her, weil sie unbeirrt weiterläuft. Wieder stoppt sie abrupt und stellt ihre Taschen auf einem kleinen Mauervorsprung ab. Sie schüttelt ihre Hände aus und reibt sie aneinander.

„Hör mir gut zu, Tervo, denn ich bin in Eile", sagt sie barsch. Verdutzt starre ich sie an.

„Dein Ruf hat sich an der Schule ruck zuck herumgesprochen. Sogar ich habe das mitbekommen."

Jetzt wird es interessant. Ich grinse verwegen, als ich frage: „Ah ja? Was erzählt man sich denn so von mir?"

„Dass du gerne Mädchen antatschst."

„Und? Was ist so schlimm daran?" Ich muss lachen und zucke mit den Schultern.

„Findest du das etwa lustig?"

„Hör mal, da liegt ein Missverständnis vor", versuche ich die Sache aufzuklären, „natürlich mag ich Mädchen und ich berühre sie auch gerne, aber doch nur, wenn sie es auch wollen. Sieh mich an. Glaubst du ernsthaft, ich habe es nötig irgendeiner hinterherzulaufen?"

Mit eiskaltem Blick und voller Verachtung schaut sie mich an.

„Großkotz!", schleudert sie mir entgegen, hebt ihre Fracht energisch wieder auf und geht weiter. Zuerst bin ich so geschockt, dass mir der Mund offen stehen bleibt und dann kommt die Wut. Das ist ja wohl … In diesem Moment biegt mein Bus um die Ecke und da ich keine Lust habe über eine Stunde auf den nächsten zu warten, sprinte ich über die Straße und steige schnell ein. Die Fahrt dauert rund 15 Minuten, weil Tante Mirjas Haus ein gutes Stück außerhalb liegt, und die ganze Zeit denke ich über dieses seltsame Mädchen nach.

∗

Linnea

Wo kam dieser Großkotz denn plötzlich her? Weil ich ganz in Gedanken war, habe ich mich total erschrocken und ärgere mich jetzt über mich selbst, während ich weiter die Straße entlang haste. Es ist kalt, meine Nase bitzelt und die schweren Taschen lassen meine Arme lahm werden. Du brauchst Ablenkung, trichtere ich mir ein und versuche, mir schon mal ein paar geeignete Worte und Sätze für mein Referat in Geschichte zurechtzulegen, aber meine Gedanken schweifen ab. Ich sehe immer wieder seine türkisblauen Augen vor mir und spüre seinen intensiven Blick. Eine solche Augenfarbe habe ich noch nie zuvor gesehen. So türkisblau stelle ich mir das Meer in der Karibik vor. Aber er ist ein unmöglicher Kerl und Weiberheld. Kaum war er in unserer Klasse aufgetaucht, war er angeblich eine ganze Woche lang krank und jetzt ist er schon zwei Mal zu spät gekommen. Was haben solche Menschen nur für eine Lebenseinstellung? Für so etwas kann ich kein Verständnis aufbringen. Ich bin noch nie zu spät gekommen, obwohl die Lehrer bei mir ein Auge zudrücken würden, weil sie über die Situation bei mir zu Hause Bescheid wissen. Doch ich habe mir fest vorgenommen zu kämpfen, auch wenn ich ganz oft keine Kraft mehr habe, da ich in den Nächten auf dem Sofa nicht wirklich gut schlafen und zur Ruhe kommen kann. Ich höre meinen Vater immer wieder husten und meine Mutter durch die Wohnung schleichen, wenn sie von ihren Schichten nach Hause kommt. Ich bin so müde, dass ich vermutlich drei Tage lang durchschlafen würde, wenn ich die Gelegenheit dazu hätte.

Kurz darauf biege ich um die letzte Ecke, bevor ich zu dem Haus gelange, in dem wir wohnen. Ich weiß genau, was heute noch auf mich zukommt. Nachdem ich die Einkäufe im Kühlschrank und den Küchenschränken verstaut habe, bereite ich für meine Eltern und mich eine kleine Mahlzeit zu. Meine Mutter wird heute schon gegen 20 Uhr nach Hause kommen. Dann essen wir etwas. Mein Vater muss gefüttert werden und danach helfe ich ihr dabei, ihn zu waschen und umzuziehen. Morgens schaffen wir das zeitlich nicht. Bis wir fertig werden, ist es bestimmt 21:30 Uhr. Erst danach kann ich mich meinem Referat widmen. – Und da fällt es mir wie Schuppen von den Augen; ich kann diesen Tervo nicht nur nicht leiden, nein, ich bin neidisch auf ihn. Während ich mir Tag für Tag den Arsch aufreiße, bis tief in die Nacht hinein lerne, weil mir tagsüber keine Zeit dazu bleibt, hätte er doch jegliche Möglichkeiten sich in aller Ruhe auf die kommenden Unterrichtsstunden vorzubereiten.

Was er aber nicht tut, so wie ich das mitbekomme. Oh, Mann! Das Leben ist doch wirklich ungerecht. Und ich habe die Doppel A-Karte gezogen. Warum kann ich nicht endlich aufhören mit meinem Schicksal zu hadern? Immer wieder die gleichen Gedanken, das bringt doch nichts. Die Situation ist wie sie ist. Punkt. Selbstmitleid hilft schließlich Niemandem.

Obwohl mir das bewusst ist, habe ich schlechte Laune. Eigentlich sollte ich mich freuen, denn übermorgen werde ich 17. Natürlich bekomme ich einen Geburtstagskuchen und ein kleines Geschenk von meinen Eltern. Meistens ein Gutschein für den nahe gelegenen Bücherladen, aber so wie in den letzten Jahren, wird sich meine Geburtstagsparty darauf beschränken, dass Tia abends zum Pizza essen zu uns kommt und sie mich danach zu einem Kinobesuch einlädt. Keine große Sache also.

*

Finley

Zu Hause angekommen, bemühe ich gleich Mr. Google, um etwas über Linnea herauszufinden. Ach, verflucht! Ich weiß nicht mal ihren Nachnamen. Also muss die Schulhomepage herhalten. In irgendeinem bescheuerten Team oder Komitee muss sie ja sein, weil das einfach jeder Schüler machen muss und über die Bildunterschriften werde ich ihren Nachnamen schon herausfinden. Ich scrolle durch die Seiten: Sommerfest, Abschlussparty, Hockey-Team, Muuvit* Gruppe, Handball, Veranstaltungskomitee, nichts, sie ist nirgendwo dabei. Das gibt es doch nicht. Oder ist sie auch, so wie ich, erst seit kurzem in dieser Schule?

Beim gemeinsamen Abendessen mit der Familie schneide ich das Thema an. „Sagt mal, kennt ihr eigentlich Linnea aus meiner Klasse?"

„Linnea wer?", fragt Elias schlecht gelaunt. Er muss ein extrem anstrengendes Eishockey Training hinter sich haben, denn mir ist aufgefallen, dass er sich nur ganz schlecht bewegen kann. Der Coach ist ein harter Hund. Er bringt das Team jedes Mal an ihre körperlichen Grenzen.

„Den Nachnamen weiß ich nicht", gebe ich gelassen zurück. Er zuckt nur mit den Schultern und schaufelt weiter sein Essen in sich hinein. „Helena, kennst du das Mädchen?", versucht meine Tante zu helfen.

„Ich glaube nicht, nein. Keine Ahnung. Warum, was ist mit ihr?"

„Ach, nichts Wichtiges", antworte ich ausweichend. Ein Blick ins Klassenbuch am Montag genügt und ich weiß ihren Nachnamen. Dann werde ich schlauer sein.

Gesagt, getan. Holmqvist heißt sie. Linnea Holmqvist, so, so, dann werden wir doch mal sehen, was es über dich im Netz so zu erfahren gibt. Aber ich werde enttäuscht. Nichts, gar nichts. Sie hat kein Facebook-Profil, ist nicht bei Instagram, Twitter oder sonst wo zu finden. Das gibt es doch gar nicht! Lebt dieses Mädchen hinter dem Mond?

*Das Muuvit-Programm ist ein von Finnen entwickeltes Konzept, in dem Lernen und Wohlbefinden miteinander verknüpft werden. Hintergrund ist ein Bewegungsprojekt des Vereins Junges Finnland (Nuori Suomi ry). Mit diesem Muuvit-Programm werden die Schüler motiviert, jeden Tag durch sportliche Betätigung Punkte zu sammeln.

Kapitel 6

Beobachtungen

Linnea

Ich könnte mich selbst dafür ohrfeigen, aber ich beobachte diesen blöden Tervo schon seit ein paar Tagen. Irgendetwas fasziniert mich an ihm. Er trägt die Schuluniform, wie wir alle, aber irgendwie sieht sie an ihm viel besser aus. Das mag auch an seiner Haltung liegen, aufrecht und selbstsicher. Wenn er in der Mensa sein Jackett auszieht, kann man unter dem eng anliegenden Hemd seine gute Figur deutlich erkennen. Mein Herz klopft schneller und mir wird warm. Was ist das denn? Was haben diese Befindlichkeitsstörungen zu bedeuten? Hoffentlich werde ich nicht krank. Ich kann es mir nicht leisten krank zu werden. Es wäre eine Katastrophe in der Schule etwas zu versäumen oder Zuhause auszufallen.

„Hey, träumst du?", Tia stupst mich an. Um ein Haar hätte ich meinen Löffel in die Suppe fallen lassen und eine wunderbare Sauerei auf meiner Bluse angerichtet. Ertappt schrecke ich auf.

„Ist soweit alles in Ordnung bei euch?", hakt sie sofort besorgt nach und sieht mich skeptisch an. Sie weiß, dass ich nicht alles, was mich bedrückt, gleich hinausposaune.

„Ja, ja", antworte ich abwesend und löffele meine Suppe aus.

*

Finley

Ich beobachte Linnea schon die ganze Woche. Meistens ist sie alleine, aber ihre Pausen verbringt sie mit Tia, einem Mädchen aus der Parallelklasse. Mit ihr trifft sie sich auch zum Mittagessen, sie unterhalten sich zwar, aber selbst hier habe ich Lin noch nie richtig lachen sehen. Höchstens mal ein gezwungenes Lächeln ringt sie sich ab, wobei ich den Eindruck habe, dass Tia ganz gut drauf ist. Außerdem scheint Lin immer in Eile zu sein. Sobald es auf das Unterrichtsende zugeht, packt sie schon verstohlen ihre Stifte in ihr Federmäppchen und stapelt ihre Bücher aufeinander, damit sie dann alles schnell in ihren hässlichen, durchgewetzten Rucksack stopfen kann. Sie eilt aus dem Klassenzimmer, hetzt die Flure entlang und rast zur Bushaltestelle als wäre der Teufel höchstpersönlich hinter ihr her. Ich werde nicht schlau aus diesem Mädchen. Und warum ist sie in keinem der Teams? Da es hier kein Tennisteam gibt, habe ich mich für Muuvit und das Veranstaltungskomitee entschieden und hoffe, dass ich mein Scherflein zum Gelingen der nächsten Party beitragen kann.

Am Nachmittag quetsche ich Helena noch einmal aus und frage sie, wie es sein kann, dass jemand in keinem Team ist. Sie meint, dass man wohl von der Teampflicht befreit werden kann, wenn entsprechende Gründe wie eine Krankheit oder so vorliegen. Uff, diese Aussage versetzt mir einen unsichtbaren Kinnhaken. Ich taumele fast ein bisschen und alles dreht sich auf einmal in meinem Kopf. Aber ja, das könnte gut möglich sein. Bestimmt ist das auch der Grund dafür, dass sie so ernst ist und immer in Eile. Sie will schnell nach Hause, weil sie sich nicht gut fühlt. Scheiße! Aber warum lassen sie ihre Eltern dann die schweren Einkäufe schleppen? Das ist doch unverantwortlich! Ich rege mich so sehr auf, dass mein Herz rast. Jedenfalls kommt mir in diesem Moment eine Idee. Vielleicht geht sie immer freitags einkaufen? Ich werde mich morgen auf die Lauer legen und warten, ob sie wie letzte Woche wieder an der Bushaltestelle vorbeikommt.

*

Linnea

Ich sollte wirklich besser zwei Mal pro Woche einkaufen gehen, nur fehlt mir dazu wieder mal die Zeit. Der Tag könnte locker 30 Stunden für mich haben. Bis ich alles beisammen habe, sind meine Taschen wieder randvoll und saumäßig schwer. So ein Mist aber auch! Ich ziehe meine Handschuhe an, bevor ich meine Fracht aufnehme und aus dem Supermarkt auf die Straße hinaustrete. Ich bin schon ein gutes Stück gelaufen, als mir auf der gegenüberliegenden Straßenseite ein Junge ins Auge fällt. Tervo! Oh, nein, nicht der schon wieder. Als er mich ebenfalls erblickt, überquert er eilig die Straße und kommt auf mich zu.

„Hey, Linnea."

Seine Stimme klingt angenehm und warm. In seinen Augen funkelt etwas. Ein leichtes Lächeln umspielt seinen Mund.

„Hey", antworte ich gezwungenermaßen.

„Darf ich dir heute vielleicht helfen?" Er blickt auf meine prall gefüllten Taschen, die mir wirklich noch schwerer wie letzte Woche vorkommen. Ich zögere etwas und das wertet er scheinbar als ein Ja und greift nach den Henkeln. Bereitwillig löse ich meine Finger und überlasse ihm die Tasche. „Die andere auch noch", fordert er mich auf.

„Nein, lass nur, die schaffe ich schon."

Genervt rollt er mit seinen Augen und schnaubt. „Nun mach kein Theater und gib das Ding schon her." Auffordernd wedelt er mit seiner Hand. Da ich keine Lust und Kraft habe mit ihm zu streiten, gebe ich ihm auch noch die zweite Tasche. „Na also, geht doch", meint er zufrieden und zwinkert mir zu. Was bildet der Typ sich eigentlich ein?, rege ich mich schon wieder über ihn auf. „Hier lang", sage ich mürrisch und setze meinen Weg fort. Es dauert nicht lange, bis er mir die Ohren zulabert. „Bist du hier aufgewachsen?", will er wissen. „Ich bin in Helsinki geboren, aber als ich noch keine drei Jahre alt war, sind wir nach Kalifornien gezogen, um uns um das Weingut zu kümmern, das ich einmal erben werde. Ich habe drei Geschwister, zwei Brüder und eine Schwester. Hast du auch Geschwister?"

Jetzt reicht es! „Tervo", unterbreche ich seinen Redeschwall genervt und bleibe kurz stehen, „laber mir nicht die Ohren voll. Okay?"

„Hey, warum bist du so unfreundlich zu mir?", beschwert er sich, „ich möchte mich doch nur ein bisschen mit dir unterhalten."

„Ich habe keine Zeit für dein Geplapper. Gib mir meine Taschen zurück und dann verschwinde." Auffordernd strecke ich ihm meine Hände entgegen. Er schaut mich durchdringend an. Es liegt ein Ausdruck in seinen Augen, den ich nicht deuten kann. Dann stellt er sich kerzengerade vor mich.

„Nein, das werde ich nicht tun. Denn ich finde es ein Ding der Unmöglichkeit, dass dich deine

Eltern diesen ganzen Kram hier nach Hause schleppen lassen", demonstrativ hebt er die zwei Taschen ein Stück hoch, „noch dazu, wo du kra..., wo du dich offensichtlich nicht ganz wohlfühlst. Solche Großeinkäufe erledigt man mit dem Auto."

Ich glaube, mich verhört zu haben und starre ihn sekundenlang nur an. „Wie bitte? Was hast du da gerade gesagt? Wie kommst du darauf, dass ich krank sein könnte?"

„Ich bin nicht blind, Linnea. Du bist viel zu dünn, bist ganz blass und hast dunkle Ränder unter den Augen. Du rast jeden Tag wie von der Tarantel gestochen aus dem Unterricht, du ..."

„Das reicht!" Um meinen Worten Nachdruck zu verleihen, hebe ich meine Hand. „Was für eine gequirlte Scheiße reimst du dir in deinem kranken Hirn da zusammen? Wehe, du verbreitest irgendwelche Gerüchte über mich und lass bloß meine Eltern aus dem Spiel", fauche ich ihn an und greife nach den Henkeln der einen Tasche. Blitzschnell zieht er sie weg und blickt mich düster an. „Irgendetwas stimmt nicht mit dir und ich werde schon noch herausbekommen, was das ist", knurrt er zurück und seine Augen verändern ihre Farbe. Dann fügt er in einem deutlich milderen Ton hinzu: „Du kannst vorausgehen, ich werde kein Wort mehr sagen, aber ich werde dir das Zeug nach Hause tragen. Basta!"

Das klingt entschlossen und da ich nicht noch mehr Zeit vertrödeln will, sause ich vor ihm her.

Als wir vor dem Mietshaus angelangt sind, in dem meine Eltern und ich wohnen, bedanke ich mich bei ihm und will nach den Taschen greifen.

„Sperr doch erst mal die Haustür auf", rät er mir, „sonst hast du ja gar keine Hand frei." Also krame ich nach dem Schlüssel in meiner Hosentasche, sperre die Tür auf und halte sie mit meinem Hintern auf, um die Taschen in Empfang zu nehmen.

„Wohnt ihr im Parterre?", will er jetzt wissen. Meine Herren, wie neugierig kann ein Mensch eigentlich sein? Fast hätte ich gelogen und ja gesagt, nicht, dass er auch noch auf die Idee kommt, mir die Sachen nach oben in die Wohnung tragen zu wollen. Ich möchte nicht, dass er unsere Wohnung sieht und ich möchte auch nicht, dass er meinen Vater sieht. Deshalb sage ich: „Nein, aber es gibt einen Aufzug." Er nickt.

„Ruh dich übers Wochenende mal ein bisschen aus", rät er mir leise und in einem so sanften Tonfall, den ich noch nie bei ihm gehört habe. Er geht mir durch und durch. Mein Kopf schnellt hoch und ich blicke geradewegs in seine aufmerksamen Augen.

„Du siehst müde aus", fährt er fort.

„Ich habe keine Zeit zum Ausruhen", antworte ich ihm ehrlich.

„Linnea, wir haben Wochenende. Das heißt: Keine Schule! Und da du nicht auf Partys gehst, wirst du doch wohl etwas Zeit finden, um dich mal ein bisschen hinzulegen."

Was geht es ihn eigentlich an, wie ich aussehe? Ich könnte schon wieder ein Streitgespräch mit ihm anfangen, entschließe mich aber dazu, ihm nicht mehr zu antworten. Stattdessen nehme ich ihm meine Taschen ab, trete in den Flur und lasse die Tür hinter mir ins Schloss fallen.

Nach dem Mittagessen am Sonntag, meine Mutter hat heute mal frei, verkünde ich, dass ich mich kurz hinlegen möchte.

„Sternchen", ruft meine Mutter alarmiert, „du wirst uns doch nicht krank werden? Hast du Fieber? Zeig mal her."

„Nein, ich werde doch nicht krank", beruhige ich sie schnell. „Ich bin nur müde, wir hatten so viel zu lernen diese Woche." Sie fühlt trotzdem meine Stirn, die natürlich nicht heiß ist.

„Aber warum sagst du denn nichts? Ich kann doch auch mal ein, zwei Tage Urlaub nehmen, wenn du für die Schule so viel zu tun hast."

Am liebsten würde ich sie anschreien, dass ich immer viel für die Schule zu tun habe und dass es mit ein, zwei Tagen nicht getan ist. Aber woher soll sie das wissen? Wir reden ja nie darüber. Natürlich werde ich gelobt, wenn ich wieder mal eine Eins nach Hause bringe. „Ach, unser Sternchen ist einfach ein Naturtalent", bekomme ich dann oft zu hören. Dass ich seit Jahren dafür büffele wie eine Verrückte, bemerkt niemand. Ich darf gar nicht daran denken, wie das nächstes Jahr mit den Abiturprüfungen werden soll.

Nachdem ich mich aufs Sofa gelegt und zugedeckt habe, höre ich meine Eltern noch flüstern, aber nach einer Minute bin ich eingeschlafen. Ich schlafe nicht eine, sondern gleich drei Stunden und fühle mich danach wirklich besser. War gar kein so schlechter Vorschlag von unserem Großkotz, geht es mir durch den Kopf und ich lächele ein wenig vor mich hin.

*

„Guten Morgen, Linnea", fängt mich Tervo am Montag vor dem Klassenzimmer ab und strahlt mich an.

„Was machst du denn so früh schon hier?", rutscht es mir heraus.

„Hattest du ein schönes Wochenende? Du siehst viel besser aus als Freitag."

Boh! Der Typ nervt! „Was geht *dich* eigentlich *mein* Aussehen an?"

Nach einem Blick auf seine Uhr meint er gelassen: „Ich hole mir noch schnell etwas vom Kiosk. Möchtest du auch etwas?"

„Nein, danke", brumme ich. Keine fünf Minuten später stellt er einen Kaffeebecher vor mir ab. „Etwas Warmes kann nicht schaden, habe ich mir gedacht", meint er lässig.

„Danke", murmele ich. Gott sei Dank hat er keine Lust auf Small Talk und verzieht sich auf seinen Platz. Als ich vorsichtig den Deckel hebe, strömt mir der herrliche Duft einer heißen Schokolade entgegen. – Ich liebe heiße Schokolade! Woher weiß er das?

Jedenfalls macht er das jetzt jeden Tag so, bis es mir am Donnerstag zu bunt wird. „Hör mal, Tervo", mache ich ihm eine Ansage. „Was soll die Nummer mit der heißen Schokolade?"

„Wieso? Magst du sie nicht?" In seinem Gesicht erkenne ich, dass er wirklich überrascht ist.

„Das ist hier nicht die Frage", entgegne ich ihm genervt. „Was willst du damit bezwecken?"

„Bezwecken? Was soll ich damit bezwecken wollen? Ich gebe dir ein Heißgetränk aus, sonst nichts."

„Du brauchst mir kein Heißgetränk auszugeben. Wenn ich etwas möchte, kaufe ich es mir selbst."

Am nächsten Morgen stellt er demonstrativ wieder einen Becher vor mir ab. Das ist doch nicht zu fassen! Der Typ lässt sich wirklich nicht abwimmeln und heute ist Freitag. Ich glaube schon zu wissen, was am Nachmittag wieder passieren wird. Also hartnäckig ist er, das muss man ihm lassen. Aber warum?

* * *

Kapitel 7

Wildes Finnland

Finley

Seit acht Wochen schleppe ich Linnea jeden Freitag die Einkäufe nach Hause. Wir haben Ende Mai und Gott sei Dank wird es hier jetzt auch etwas wärmer und ich kann endlich die lange Unterwäsche im Schrank lassen. Nachdem ich mir gleich zu Beginn meines Finnland Aufenthalts eine Blasenentzündung eingehandelt hatte, habe ich sie notgedrungener Maßen getragen, aber man fühlt sich total eingeengt von den ganzen Klamotten, furchtbar! Ich beneide meine Geschwister und meine Freunde, die in den Pool springen können wann immer ihnen danach ist. Der Kontakt zu meinen Freunden ist allerdings mit den Wochen eingeschlafen. Anfangs haben wir fast täglich gechattet, aber das wurde irgendwann immer weniger. Nur auf Yuma ist Verlass, er ruft mich jeden Samstag an.

Aber zurück zu Linnea. Auch wenn ich ihr jede Woche Berge von Zeug nach Hause schleppe, weiß ich immer noch nicht viel mehr über sie. Ah, gerade biegt sie um die Ecke. Ich sprinte über die Straße. „Hey", sage ich nur und nehme ihr die Taschen ab, was inzwischen ohne Gezeter funktioniert. Auch wenn ich weiß, dass sie keine Plappertasche ist, fange ich nach ein paar Metern ein Gespräch an und gehe das Risiko ein, dass es vermutlich wieder als Selbstgespräch enden wird. „Und, hast du schon Pläne für die Sommerferien?", möchte ich von ihr wissen. „Fährst du mit Tia weg?"

„Ich fahre überhaupt nicht weg."

„Wie, du fährst überhaupt nicht weg? Wir haben doch ganze zwei Monate Sommerferien." Ich kann das gar nicht fassen. Ein Sommer ohne Urlaub zu machen gibt es doch gar nicht.

„Finley", sagt sie eindringlich und ist stehen geblieben. Unsere stets hastende Linnea ist stehen geblieben. Wegen mir. Darauf kann ich mir wirklich etwas einbilden.

„Du hast scheinbar immer noch nicht begriffen, dass ich ein komplett anderes Leben führe als du. Ich habe schon jahrelang keinen Urlaub mehr gemacht und daran wird sich auch nichts ändern. Kapiert?"

Wow! So viele Worte an einem Stück habe ich sie noch nie sagen hören. Also in der Schule natürlich schon, wenn sie ihre Referate vorträgt, aber so, privat, ist das eine echte Weltpremiere. Und sie hat mich Finley genannt! Nicht Großkotz und nicht Tervo. Heute scheint mein Glückstag zu sein.

„Hat es dir die Sprache verschlagen?", reißt sie mich aus meinen Gedanken.

„Ja. Nein, natürlich nicht", stottere ich mir einen ab. Wie kann ich diese, für sie unangenehme, Situation retten? „Du hast mich gerade Finley genannt", antworte ich ihr grinsend. Sie schaut mich mit ihren herrlich blauen Augen an und zieht eine Augenbraue nach oben.

„Das ist doch dein Name, oder nicht?"

„Ja, klar, ich freue mich gerade nur total. Zuerst hast du mich immer Großkotz genannt, dann Tervo und jetzt sind wir schon bei Finley angelangt. Ich würde sagen, wir sind echt ein gutes Stück vorangekommen." Zur Unterstreichung meiner Worte strahle ich sie noch breiter an. Ich sehe, dass sie verwirrt ist und nicht weiß, was sie auf meine Feststellung antworten soll. Deshalb dreht sie sich um und geht einfach weiter. Unser „Gespräch" ist damit für heute wieder beendet. Vor der Haustür nimmt sie mir wie immer die Taschen aus der Hand. „Ich danke dir", murmelt sie.

„Gerne", sage ich laut und deutlich und füge mit einem breiten Lächeln hinzu: „Ach, und Linnea, solltest du mich irgendwann einmal Fin nennen, werde ich dich küssen müssen."

Sie wirbelt zu mir herum und funkelt mich an. „Was bildest du dir eigentlich ein. Das wird niemals passieren. Eher friert die Hölle zu."

Ich lache laut und winke ihr zum Abschied noch einmal zu. Sie ist so süß, wenn sie sich aufplustert.

*

Am Montag bekommen wir neue Projektaufgaben. Dazu muss jeder Schüler ein Los ziehen.

Ich falte meinen Zettel auseinander: „Wildes Finnland", steht da. „Yes! Cooles Thema", freue ich mich.

„Wer hat das gleiche Thema?", fragt unser Lehrer. Linnea hebt zaghaft ihre Hand und verzieht ihr Gesicht, als hätte sie gerade eine Kröte verschluckt.

„Dann werden wir wohl das Nachtleben erkunden müssen", zwinkere ich ihr zu.

„Spinnst du? Es geht natürlich um die wilde Natur Finnlands."

„Ach, schade."

Es erweist sich als sehr schwierig, einen gemeinsamen Termin mit Linnea zu finden. Jeden Nachmittag hat sie keine Zeit und am Samstag kann ich nicht, da helfe ich Onkel Daniel einen größeren Auftrag auszuliefern und aufzubauen. Also bleibt uns nur der Sonntag. „Soll ich zu dir kommen?", frage ich sie.

Erschrocken fährt sie zusammen. „Nein, das geht nicht."

„Gut, dann kommst du zu mir. Ich schreibe dir die Adresse auf. Du nimmst am besten den achter Bus, der hält nicht weit von Tante Mirjas Haus. Du musst dann nur die einzige Straße, die es da draußen gibt, hinunter laufen. Ach, ich hole dich an der Bushaltestelle ab, das ist einfacher. Wann kommst du?"

„Ich kann den dreizehn Uhr Bus nehmen."

Also hole ich Linnea wie versprochen an der Bushaltestelle ab. Sie trägt Jeans und ein blaues T-Shirt. Da es endlich wärmer ist, hat sie auf ihre Jacke verzichtet und ich erhasche ein paar Blicke auf ihre Figur. Sie ist zierlich und schlank, ohne üppige Rundungen, aber das hätte auch gar nicht zu ihrem Typ gepasst. Sie ist unglaublich hübsch und mein Blick hängt, wie schon so oft, an ihrem Mund fest.

Mit unserer Zusammenstellung zur Wildnis Finnlands kommen wir zunächst nur schleppend voran. Ich bewirte Lin mit heißer Schokolade und Kuchen und würde mich viel lieber über tausend andere Dinge mit ihr unterhalten, bis sie mich ermahnt: „Bitte, Finley, jetzt konzentrier dich doch mal, schließlich müssen wir heute noch damit fertig werden." Also reiße ich mich ihr zuliebe zusammen und vertiefe mich genauso gewissenhaft wie sie in den Stoff.

„Oh Gott! Es ist ja schon zehn vor vier." Lin schaut auf ihre Uhr. „Ich muss los, damit ich den Bus noch erwische."

„Mach dir keine Sorgen, wir haben soweit ja alles zusammengetragen. Ich bringe das noch ein bisschen in Form und schicke dir die Datei dann per E-Mail zu. Hier", ich drehe das MacBook in ihre Richtung, „tipp mal deine E-Mail-Adresse ein."

Linnea zögert. Was ist denn jetzt schon wieder? Sie schaut mich streng an.

„Du wirst diese E-Mail-Adresse genau ein Mal benutzen, und zwar nur, um mir die Datei von dem Referat zu schicken. Danach löschst du sie, sofort. Nicht, dass du mich dann ständig nervst oder mir anzügliche Bilder schickst."

„Anzügliche Bilder?", pruste ich los. „Du meinst Nacktbilder von mir? Gar keine schlechte Idee, bei mir gibt es nämlich einiges zu sehen", foppe ich sie und wackle albern mit den Augenbrauen. Ihre Wangen werden sofort knallrot und sie stopft eilig ihre Sachen in den ollen Rucksack.

„Ich begleite dich zur Haltestelle", sage ich und stehe auf.

„Brauchst du nicht", wehrt sie wie üblich ab.

„Ich tue es aber trotzdem", sage ich und lächele sie an. Eigentlich müsste sie mich doch mittlerweile kennen. Wir verlassen das Haus und hasten auf die Bushaltestelle zu. Nichts Neues. Das Wetter ist heute echt toll und ich recke mein Gesicht der Sonne entgegen. „Bei dem schönen Wetter hättest du eigentlich mit dem Fahrrad kommen können, oder?"

„Theoretisch schon, wenn ich ein Fahrrad hätte", bekomme ich als Antwort an den Kopf geknallt. Puh! Wieder volle Kanne ins Fettnäpfchen getreten. „Kannst du denn Fahrrad fahren?"

„Konnte ich als Kind, ja, weiß nicht, ob ich es verlernt habe." Sie schaut immer wieder auf ihre Uhr und läuft unruhig ein paar Schritte auf und ab. „Der Bus hat Verspätung", sagt sie und tippt auf ihre Uhr.

„Na, ja, der wird schon gleich kommen", versuche ich sie zu beruhigen. Dieser verdammte Bus kommt aber nicht und Linnea wird immer nervöser.

„Das gibt es doch nicht", zappelt sie herum, „es ist schon Viertel nach vier. Um halb fünf muss ich zu Hause sein."

„Ich könnte dich mit dem Fahrrad nach Hause fahren, du müsstest halt auf dem Gepäckträger sitzen."

„Das dauert doch viel zu lange", krächzt sie. Ich bekomme echt Angst, dass sie mir hier gleich in Tränen ausbricht. „Na, komm", sage ich und strecke meine Hand nach ihr aus. „Mein Onkel ist zu Hause, er fährt dich bestimmt schnell mit dem Auto. Ich könnte dich ja selber fahren, aber leider darf man in Finnland erst ab 18 Jahren Auto fahren."

Sie ergreift tatsächlich meine Hand und wir gehen zurück. Leider kann ich das gar nicht genießen, denn ich mache mir wirklich Sorgen um sie. Wir finden meinen Onkel in der Werkstatt und ich erkläre ihm die Situation. Natürlich sagt er sofort zu.

Zum Abendessen bin ich mit Onkel Daniel alleine. Tante Mirjas Schicht im Krankenhaus ist noch nicht zu Ende und Helena und Elias sind mit Freunden unterwegs. So wie ich es Zuhause auch wäre. Aber irgendwie ist es mir ganz recht, da kann ich ihn noch etwas über die Fahrt mit Linnea ausquetschen. In Finnland gibt es eigentlich immer ein warmes Abendessen, aber da wir keine große Lust zum Kochen haben, werfen wir etwas Gemüse in eine Pfanne und schlagen uns sechs Eier darüber. Als wir uns an den Küchentisch gesetzt haben, spreche ich Onkel Daniel an. „Danke noch mal, dass du Linnea gefahren hast. Hat sie noch irgendetwas gesagt?"

„Ich hätte dich auch noch darauf angesprochen", antwortet Onkel Daniel mit ernster Miene.

„Das arme Mädchen war ja fix und fertig, nur, weil sie nicht Punkt halb fünf zu Hause war. Ich dachte, sie bricht mir jeden Moment in Tränen aus. Die ganze Fahrt über war sie dermaßen nervös und hat ständig an der Naht von ihrem Rucksack herumgepickelt, dass ich dachte, das Ding löst sich gleich in Wohlgefallen auf. Ich wollte mit reinkommen, um ihren Eltern die Sache mit dem Bus zu erklären, aber das wollte sie nicht."

„Typisch", kommentiere ich Onkel Daniels Aussage.

„Das ist doch nicht normal. Weißt du irgendetwas? Wird sie Zuhause unter Druck gesetzt oder gar geschlagen?"

Ich zucke zusammen. Mir stockt der Atem. Linnea geschlagen! Aber dann schüttele ich meinen Kopf. „Nein, nein, das glaube ich nicht. Aber du hast schon recht, irgendetwas stimmt nicht mit ihr. Sobald ich sie auf ihre Eltern anspreche, blockt sie total ab. Ich habe sie noch nie lachen sehen. Sie hat scheinbar nur eine Freundin und nach der Schule hastet sie sofort zum Bus. Freitags geht sie einkaufen und schleppt alles zu Fuß nach Hause."

„Komische Sache." Onkel Daniel schüttelt seinen Kopf. „Es ist gut, dass du dich um das Mädchen kümmerst", sagt er dann und schlägt mir auf die Schulter, „ich glaube, sie kann einen echten Freund gebrauchen und vielleicht findest du bald mehr heraus. Lass es mich wissen, wenn es etwas Neues gibt. Die Kleine tut mir wirklich leid."

Kapitel 8

Peinlichkeiten

Linnea

„Vielen Dank, Herr Tervo", sage ich zu Finleys Onkel und beeile mich aus dem Lieferwagen heraus zu klettern. Mit zittrigen Fingern sperre ich die Haustür auf und warte nicht auf den Aufzug, sondern renne die Stufen nach oben in den dritten Stock. Mit rasendem Puls betrete ich die Wohnung und eile in mein altes Kinderzimmer zu meinem Vater.

„Papa, ist alles in Ordnung?", frage ich ihn außer Atem.

„Aber ja, Sternchen", sagt er mit seiner rauen Stimme und streicht mir mit seiner linken Hand leicht übers Haar. Seine gesamte rechte Seite ist gelähmt.

„Der verdammte Bus ist nicht gekommen. Finleys Onkel hat mich schnell gefahren."

„Jetzt hol erst mal Luft, Sternchen, du bist ja ganz außer Atem."

„War Mutter böse, weil ich nicht pünktlich da war?", will ich unbedingt wissen.

„Sie war nicht böse, nur besorgt."

Ich nicke und stelle mich schon mal auf Vorwürfe ein. „Ich mache uns etwas zum Abendessen. Was möchtest du?"

„Mach mir eine Suppe, Liebes, die kann ich am besten schlucken."

Also gehe in die Küche, nehme eine Dose mit eingefrorener Gemüsesuppe aus dem Gefrierfach, werfe den Eisklotz in einen Topf und erhitze ihn langsam auf dem Herd. Während ich so rühre, fällt mir ein, dass ich Finleys Onkel mit Herrn Tervo angesprochen habe. Das kann ja gar nicht sein. Finleys Tante und sein Vater sind Geschwister also kann der Mann seiner Tante ja wohl schlecht Tervo heißen. Oh, mein Gott, wie peinlich! So etwas Blödes passiert mir nur, wenn ich nervös bin. Was wird er jetzt von mir denken? Er muss mich für total bescheuert halten.

Während ich Dad mit der Suppe füttere und zwischendurch auch esse, will er wissen, ob wir

mit unseren Schulaufgaben fertig geworden sind.
„Nein, nicht ganz", antworte ich ihm und erkläre, dass Finley den Rest alleine macht und versprochen hat, mir die Datei heute Abend noch zu schicken.

„Scheint ja ein netter Kerl zu sein", krächzt Dad und versucht ein Lächeln, „werden wir ihn mal kennenlernen?"

„Ihr? Finley kennenlernen? Warum das denn?"

„Weil wir eben gerne wissen möchten, mit wem du Zeit verbringst."

„Das war eine einmalige Sache, ein Schulprojekt, das wird nicht wieder vorkommen. Es ist also nicht notwendig, dass ihr ihn kennenlernt."

Nachdem ich das Geschirr abgewaschen und weggeräumt habe, stürze ich an mein Laptop und öffne erwartungsvoll das E-Mail-Programm. Nichts im Postfach. Oh, Mann! Ich habe es geahnt, ich hätte ihm die finale Überarbeitung nicht überlassen sollen. Wie konnte ich nur so blöde sein und mich auf ihn verlassen.

Um 21:03 Uhr schreibt er mir. „Hey! Wie geht es dir? Ist alles in Ordnung?" Kein Anhang. Boah! Ich könnte platzen!

„Wo ist die Datei?", schreibe ich nur zurück.

„Kommt noch. Gib mir eine halbe Stunde."

Nach fünfunddreißig Minuten ertönt das Signal, dass eine E-Mail eingegangen ist. Ich öffne ungeduldig die Datei und lese mir alles Wort für Wort noch einmal durch. Einige wenige Satzstellungen verändere ich, aber alles in allem hat er die Themen gut strukturiert und auch optisch schön aufgebaut. Gerade will ich ihn loben, da fällt mein Blick auf den letzten Unterpunkt.

Und nun kommen wir zu dem wichtigsten Teil der Aufgabe, dem Nachtleben von Helsinki!

Ich traue meinen Augen nicht und lösche diesen Teil radikal. Eigentlich wollte ich ihm zurückschreiben und mich bedanken, aber das werde ich jetzt natürlich nicht tun. Unmöglich dieser Kerl!

Kapitel 9

Jetzt kommt Licht in die Sache.

Finley

Irgendwie wird Linnea in den folgenden Tagen zu einem großen Thema bei uns. Tante Mirja kommt zu mir ins Zimmer und spricht mich darauf an, dass Daniel ihr alles erzählt hat.

„Häusliche Gewalt ist leider ein totgeschwiegenes Thema. Oft geben sich die Betroffenen selber noch die Schuld dafür, was natürlich totaler Blödsinn ist." Ich lausche aufmerksam den Ausführungen meiner Tante und mir wird speiübel. Aber sie als Krankenschwester kennt sich damit aus.

„Siehst du eine Möglichkeit, dass ich Linnea einmal kennenlernen könnte?"

„Einfach so wird sie nicht herkommen", überlege ich laut, „ich müsste schon ein Schulthema vorschieben."

„Nächsten Sonntag habe ich keinen Dienst. Du könntest sie zum Mittagessen einladen und danach könnt ihr ja etwas lernen."

„Guter Plan. Ich werde das einfädeln", sage ich dankbar zu meiner Tante.

Allerdings gestaltet sich diese Angelegenheit schwierig, denn Linnea ist noch immer sauer auf mich, weil ich das mit dem Nachtleben ins Referat geschmuggelt habe. Aber dann kommt mir ganz unverhofft eine verhauene Mathematikarbeit zu Hilfe.

„Bitte, Linnea", flehe ich sie in der Mittagspause an, „du musst mir helfen." Es ist mir vollkommen egal, dass Tia mit am Tisch sitzt und Stielaugen macht.

„Warum sollte ich das tun?", funkelt Linnea mich an.

„Weil du ein guter Mensch bist, weil du Klassenbeste bist und alles kannst, weil du es nicht übers Herz bringst, einen armen fremden Jungen hilflos stehen zu lassen, weil ..."

„Jetzt hör schon auf damit", sagt sie und hebt abwehrend ihre Hand. „Du bist zwar eine furchtbare Nervensäge, aber gut, ich helfe dir."

„Wirklich?" Ich klatsche in die Hände und hätte sie am liebsten geküsst, auf die Wange versteht sich, aber das hätte sie sicher wieder falsch aufgefasst und so beherrsche ich mich lieber.

„Sonntag um 12 Uhr wäre perfekt. Meine Tante kocht hervorragend und danach können wir uns gut gestärkt der Mathematik zuwenden."

„12 Uhr?", kommt da auch schon ihr Protest. „Das muss ich erst abklären."

„Prima, tu das. Du kannst mir ja einfach eine E-Mail schreiben."

*

Es ist Sonntag, kurz nach zwölf und wir warten auf Linnea. „Hat sie abgesagt?", fragt meine Tante.

„Nein, ich habe ihr Freitag ja noch die Einkäufe nach Hause gebracht", jetzt im Frühling nehme ich immer das Fahrrad, „da hat sie noch gesagt, dass sie mit dem Bus kommt."

„Vielleicht hat der Bus wieder Verspätung oder ist gar nicht gekommen", meint mein Onkel, um uns zu beruhigen.

„Kannst du sie anrufen?"

Ich schüttele meinen Kopf. „Nein, aber ich schaue mal schnell in meine E-Mails, vielleicht hat sie mir geschrieben." Doch Fehlanzeige. Also essen wir alleine zu Mittag und danach schwinge ich mich aufs Fahrrad und radele zu dem Haus, in dem sie wohnt. Ich drücke mehrfach auf den Klingelknopf mit der Aufschrift *Holmqvist,* aber es tut sich nichts. Dann lungere ich über eine halbe Stunde herum, als ich eine junge Frau mit einem Kinderwagen auf das Haus zukommen sehe, spreche ich sie einfach an und frage nach der Familie Holmqvist.

„Oh, ich glaube Herrn Holmqvist ging es nicht gut, ein Krankenwagen war hier, aber ob sie ihn mitgenommen haben, weiß ich nicht."

Linneas Vater im Krankenhaus! Mein erster Impuls ist, ich muss dahin, um Linnea beizustehen. Aber auf der anderen Seite kenne ich sie ja, sie möchte mich bestimmt nicht dabei haben. Ich warte eine weitere Stunde, aber da Linnea nicht auftaucht, radele ich wieder nach Hause und berichte meiner Tante und meinem Onkel was ich erfahren habe.

„Ich habe morgen wieder Dienst", sagt meine Tante, „da finde ich bestimmt heraus was passiert ist." Trotzdem bin ich beunruhigt und weiß nichts mit mir anzufangen. Ständig klicke ich auf meinen Posteingang, aber es starrt mich nur eine leere schwarze Seite an.

Am darauffolgenden Montag ist Linnea nicht in der Schule und da bin ich mir sicher, es muss etwas furchtbares passiert sein.

Kapitel 10

Pure Angst

Linnea

Seit zwei Tagen hustet mein Vater noch schlimmer wie sonst. Ich bekomme kaum ein Auge zu, weil es in der ganzen Wohnung zu hören ist und ich bin wirklich verzweifelt. Nach den Sommerferien komme ich in die Abschlussklasse. Wie soll ich das nur schaffen? Mein Notendurchschnitt darf nicht schlechter werden, sonst bekomme ich das Stipendium niemals. Vor lauter Verzweiflung weine ich mich in den Schlaf.

Meine Mutter geht um sechs Uhr früh zur Arbeit und als ich um acht Uhr nach Dad sehe, glüht sein Gesicht. Er hat hohes Fieber und atmet ganz schwer. Mein Herz beginnt zu rasen. „Dad", rufe ich laut. Er öffnet kurz seine Augen, aber sie fallen ihm gleich wieder zu. Ich zögere keine Minute und wähle den Notruf.

Jetzt sitze ich hier schon seit gut drei Stunden auf diesem Krankenhausflur herum und kein Mensch kommt, um mir zu sagen was los ist und wie es ihm geht. Meine Mutter kann ich während ihrer Schicht in der Großbäckerei nicht erreichen, ich habe ihr eine Nachricht hinterlassen. Vor zwölf Uhr hat sie keine Pause.

Ich werde gleich wahnsinnig hier und laufe zum hundertsten Mal den Gang auf und ab. Draußen scheint zwar die Sonne, aber hier drinnen überläuft es mich immer wieder eiskalt.

Kapitel 11

Schlechte Stimmung

Finley

Gleich nach der Schule fahre ich zu dem Haus, in dem Linnea wohnt. Auf mein Klingeln öffnet niemand. Ich werde warten, nehme ich mir vor und lungere dort herum. Erst am späten Abend taucht sie auf. Sie geht ganz langsam, mit hängenden Schultern und hält ihren Kopf gesenkt, weshalb sie mich nicht sieht. Da ich sie nicht erschrecken will, räuspere ich mich und rutsche von der Mauer herunter, auf der ich gesessen habe. Sie hebt kurz ihren Kopf, sieht mich und blickt sofort wieder nach unten. Sie ist kreidebleich und ihre Augen sind gerötet.

„Linnea", ich mache einen Schritt auf sie zu, „wie geht es deinem Vater?"

„Was geht dich das an", faucht sie, „was willst du hier? Verschwinde!"

Obwohl ich vollkommen aufgewühlt bin, versuche ich so viel Ruhe wie möglich in meine Stimme zu legen. „Ich will sehen, wie es dir geht. Ich habe mir Sorgen gemacht. Du warst nicht in der Schule." Sie murmelt etwas wie „keinen Sinn", greift in ihre Hosentasche und sperrt die Haustür auf. Bevor sie verschwinden kann, überbrücke ich den Abstand zwischen uns und berühre sie vorsichtig am Oberarm. Wie gern würde ich sie in meine Arme nehmen, sie einfach festhalten und trösten, aber das würde sie nicht zulassen, das weiß ich. Deshalb sage ich nur: „Bitte, Linnea, ich will dir doch helfen." Sie wirbelt herum und schreit mich an: „Fass mich nicht an!" Ruckartig zieht sie ihren Arm zurück, als hätte ich sie verbrannt. „Du kannst mir nicht helfen, niemand kann das und jetzt verschwinde, lass mich in Ruhe. Lasst mich doch alle in Ruhe!" Sie bricht in Tränen aus. Die Tür fällt hinter ihr ins Schloss und weg ist sie. Ich bin so geschockt von ihrem Wutausbruch, dass ich gefühlt minutenlang dastehe wie eine Eissäule und mich nicht von der Stelle rühren kann. Ich weiß, ich könnte hier bis zum Morgengrauen Sturm klingeln, sie würde nicht aufmachen. Deshalb fahre ich nach Hause.

Gemeinsam mit Onkel Daniel warte ich darauf, dass meine Tante von ihrer Schicht zurückkommt. Eine gute Stunde später berichtet sie uns, dass am Sonntag ein Herr Holmqvist eingeliefert wurde und jetzt auf der Intensivstation liegt. Mehr darf sie uns nicht sagen. Schweigepflicht und so.

In dieser Nacht mache ich erneut kein Auge zu. Ich sehe immer wieder Linnea vor mir. Wie müde und erschöpft sie ausgesehen hat und ihr Wutausbruch hat mich richtig geschockt. Aber es war keine echte Wut, das ist mir jetzt klar, es war Verzweiflung.

Es wird Dienstag, Mittwoch, Donnerstag, Linnea kreuzt nicht in der Schule auf. In der Mittagspause halte ich nach Tia Ausschau und entdecke sie an ihrem üblichen Tisch.

„Linnea ist krank", antwortet sie mir ausweichend.

„Kannst du mir ihre Handynummer geben?"

Sie schüttelt ihren Kopf. „Wie geht es ihrem Vater?" Erschrocken darüber, dass ich vermutlich etwas davon weiß, schaut sie mich irritiert an und schüttelt erneut ihren Kopf. „Nicht gut", sagt sie kurz angebunden, nimmt ihr Tablett auf und geht zur Geschirrrückgabe.

Langsam werde ich echt wütend. Habe ich die Pest an mir oder was? Warum will keiner mal vernünftig mit mir reden?

Jedenfalls setze ich mich am Abend hin und schreibe Linnea eine Zusammenfassung von dem Schulstoff der letzten vier Tage und sende ihr die Datei per E-Mail. Soll sie sie lesen oder nicht, ist mir jetzt auch egal. Sie vermittelt mir ja geradezu das Gefühl ein Stalker oder noch schlimmeres zu sein. Ich werde ihr von nun an nicht mehr hinterherlaufen. Sie hat mich sehr getroffen mit ihren harschen Worten. Wenn man alleine sein und seine Ruhe haben möchte, kann man das auch auf eine andere Art und Weise sagen.

Freitags haben wir immer früher Schulschluss und ich beeile mich nach Hause zu kommen, weil mein Onkel Hilfe in der Werkstatt braucht. Er muss einen Terminauftrag spätestens morgen ausliefern, aber es wäre ihm lieber, wenn wir es heute noch fertigbringen würden, denn er erhofft sich Folgeaufträge von dem Kunden.

Onkel Daniel hat mir genau aufgezeichnet, wo ich die Löcher bohren soll und ich wage mich an die Arbeit, auch wenn ich kein begnadeter Handwerker bin. Ich interessiere mich mehr für das Wachstum der Trauben, die Witterungseinflüsse, gefährliche Schädlinge und diese Sachen. Wir arbeiten schweigend vor uns hin, als die Maschine plötzlich abrutscht und ich mir in die Hand bohre. Mein lauter Schrei schallt durch die Werkstatt. „Verflucht!", schimpfe ich laut und lasse die Bohrmaschine fallen. Sofort ist Onkel Daniel bei mir. „Ist es schlimm? Lass mal sehen."

Er zieht meine rechte Hand weg, die ich auf die Wunde drücke. Ich muss die Luft anhalten, weil es höllisch wehtut.

„Ah, das sieht nicht gut aus", stellt Onkel Daniel fest, läuft zum Erste-Hilfe-Kasten und legt mir einen provisorischen Verband an.

„Es geht schon wieder", sage ich und beiße die Zähne zusammen.

„Gar nichts geht. Es sind bestimmt Sägespäne und Schmutz in die Wunde gelangt, das muss ordentlich gereinigt und desinfiziert werden. Ich fahre dich ins Krankenhaus."

Dort bekomme ich eine Tetanus Spritze verpasst und eine örtliche Betäubung. Sie spülen und desinfizieren die Wunde und anschließend wird mir ein dicker Verband angelegt. Tante Mirja kommt von ihrer Station angesaust. Irgendjemand hat sie wohl verständigt und ihr gesagt, dass ihr Neffe einen Unfall hatte. Gott sei Dank ist es meine linke Hand, dennoch werde ich für eine Woche krankgeschrieben und bekomme Schmerztabletten mit. Montag soll ich wieder zur Kontrolle kommen.

Bis Onkel Daniel und ich wieder zu Hause sind, ist es fast achtzehn Uhr. Mist, ich habe Linneas Einkaufstour verpasst. Obwohl, wer weiß, ob sie überhaupt aufgetaucht wäre.

Helena und Elias sind da und warten mit dem Abendessen auf uns.

„Was machst du denn für Sachen", meint Elias, klopft mir auf die Schulter und verzieht entschuldigend das Gesicht, als ich zusammenzucke. Helena ist so nett und schneidet meine Fleischportion in kleine Stücke, damit ich etwas essen kann. Warum sind plötzlich alle so nett zu mir? Das ist echt auffällig. Aber das ist mir jetzt ehrlich gesagt auch egal. Wir essen und ich muss erzählen, wie das mit dem Bohrer passiert ist. Was soll ich da groß zu sagen, es waren nur Sekundenbruchteile ehe es passiert war. Ich bin wohl irgendwie abgerutscht.

Nach dem Essen lege ich mich hin. Ich bin echt erledigt. Seit Tagen habe ich kaum geschlafen, weil ich mir solche Sorgen um Linnea mache und Kopfschmerzen bekomme ich jetzt auch noch. Gegen dreiundzwanzig Uhr kommt meine Tante hereingeschlichen. Ich habe nur gedöst und öffne gleich meine Augen.

„Kannst du nicht schlafen? Hast du Schmerzen?", fragt sie besorgt.

„Geht schon", antworte ich ihr, obwohl die ganze Hand pocht wie verrückt.

„Die Betäubung lässt jetzt nach. Du kannst ruhig eine Schmerztablette nehmen. Wo hast du sie denn hingelegt?" Ich deute auf meinen Schreibtisch. Sie reicht mir eine und holt rasch ein Glas Wasser.

„Wenn irgendetwas ist, rufst du uns, verstanden? Daniel macht sich große Vorwürfe."

„Quatsch", sage ich und schlucke die Tablette, „er kann doch nichts dafür, wenn ich zu blöd bin eine Bohrmaschine festzuhalten."

In der Nacht von Samstag auf Sonntag fühle ich mich gar nicht gut. Ich schwitze wie verrückt und träume wirres Zeug von Linnea. Ich finde sie zusammengekauert und verängstigt in einem Kleiderschrank, in dem sie sich versteckt hat. Sie hält schützend die Arme über ihren Kopf. Irgendetwas klatscht gegen meine Wange. Ich winde mich hin und her.

„Finley! Finley, wach auf. Oh Gott, er hat hohes Fieber. Ruf einen Krankenwagen, Daniel, sofort." Das war Tante Mirjas Stimme. Andere Türen klappern, ich höre leise Stimmen im Hintergrund. „Bring mir ein nasses Handtuch, Helena. Finley, mach die Augen auf, komm schon." Mühsam öffne ich meine Augen, sie sind ganz trocken und … „Bleib bei mir, Finley. Erzähl mir was. Erzähl mir von deinen Freunden in Kalifornien. Wie heißen sie?"

„Yuma", sage ich rau. Bei dem Gedanken an Yuma muss ich sofort lächeln. Yuma ist cool. Immer gut gelaunt und zu Späßen aufgelegt. Das Witzigste ist sein Lachen. Viel zu hell und hoch.

Es passt überhaupt nicht zu seiner kräftigen Statur. – Aus der Ferne höre ich ein Martinshorn und noch mehr Stimmen, danach weiß ich nichts mehr.

Kapitel 12

Keine Zufälle

Linnea

Dad geht es etwas besser, er liegt zwar immer noch auf der Intensivstation, aber sein Zustand stabilisiert sich. Morgen werde ich wieder zur Schule gehen. Meine Güte, eine ganze Woche habe ich verpasst, aber ich hätte mich sowieso nicht konzentrieren können. Durch die schwere Lungenentzündung hing das Leben meines Vaters wirklich am seidenen Faden.

Der Unterricht hat bereits angefangen und wer fehlt mal wieder? Finley Tervo. Typisch! Ich finde das unmöglich und respektlos, dem Lehrer und uns allen gegenüber. Aber auch gut, nervt er mich wenigstens nicht.

In der Mittagspause erfahre ich von Tia, dass er sich letzte Woche nach mir erkundigt hat und auch bis Freitag in der Schule war.

„Stell dir vor, er wollte deine Handynummer", plustert Tia sich auf, „natürlich habe ich sie ihm nicht gegeben."

Aber er hat meine E-Mail-Adresse, geht es mir durch den Kopf. Allerdings habe ich seit der Sache mit dem Referat nicht mehr in mein Postfach geschaut. Ich habe schon ein ziemlich schlechtes Gewissen, weil ich ihn neulich so angebrüllt habe. Schließlich kann er nichts dafür, für mein beschissenes Leben, das sich immer weiter zu einer Katastrophe entwickelt. Wie soll es weitergehen, wenn Dad aus der Klinik entlassen wird? Natürlich genau so wie vorher, klar, aber dann wache ich nachts wieder ständig von seinem Husten auf. Ich weiß wirklich nicht, wie lange ich das noch aushalte. Die reinsten Horrorszenarien spielen sich in meinem Kopf ab und ich habe furchtbare Angst vor der Zukunft.

Wie dem auch sei, abends schaue ich in mein Postfach und finde tatsächlich eine E-Mail von Finley, von letztem Donnerstag.

Hallo Linnea,

ich kann verstehen, dass Du zurzeit nicht in die Schule kommen kannst. Anbei findest Du den Unterrichtsstoff.

Viele Grüße

Finley Tervo

Wow! Kurz und knapp, ohne Geschwafel, das passt eigentlich gar nicht zu ihm. Er ist sauer, klar und das zurecht, so wie ich ihn angebrüllt habe. Ich öffne den Anhang und lese mir aufmerksam durch, was er aufgeschrieben hat.

Dienstag, Mittwoch, Donnerstag, Finley taucht nicht in der Schule auf. Langsam vermisse ich meine morgendliche heiße Schokolade und hole mir selber eine am Kiosk. Nach dem Unterrichtsschluss am Donnerstag fasse ich mir ein Herz und frage unseren Lehrer nach Finley. „Der ist für diese Woche krankgeschrieben. Hatte wohl einen Unfall", bekomme ich zur Antwort.

„Einen Unfall? Mit dem Fahrrad?"

„Keine Ahnung, tut mir leid, Linnea."

Also setze ich mich am Donnerstagabend hin und schreibe für Finley auch eine Zusammenfassung des Schulstoffes von den letzten vier Tagen auf. Nur mit einem Unterschied. Ich schicke die Mail nicht ab.

*

Finley

Ich träume. Ich träume von Linnea, dass sie zu Hause geschlagen und misshandelt wird. Dass sie Angst hat und sich versteckt. Und ich träume von Sari. Sie weint ganz bitterlich. Finley!, ruft sie, komm nach Hause.

Als ich aufwache, sitzt Tante Mirja auf einem Stuhl neben meinem Bett. Sie fährt mir über die Stirn und übers Haar. „Finley! Gott sei Dank! Endlich wirst du wach."

Ich will etwas sagen, aber mein Mund und mein Hals sind so trocken, dass ich mich mehrfach räuspern muss.

„Trink erst mal was", Mirja hält mir einen Becher hin.

„Bin ich im Krankenhaus? Ich weiß gar nicht, was los ist."

„Ja, seit zwei Tagen. Die Wunde hat sich entzündet. Du hattest hohes Fieber und fast eine Blutvergiftung. Deine Eltern sitzen auf gepackten Koffern, sie wollten sofort herfliegen, aber ich konnte sie beruhigen."

„Ah, gut." Mir ist ganz schummerig.

„Ruh dich jetzt aus, ich komme in ein paar Stunden noch einmal vorbei."

Bis Tante Mirja wiederkommt, geht es mir schon besser. Ich habe viel Tee getrunken und etwas zu essen bekommen. Am Abend telefoniere ich mit Mom und Dad. Sie haben meinen Geschwistern noch nicht gesagt, dass ich im Krankenhaus bin, um sie nicht zu beunruhigen, doch Sari würde ständig nach mir fragen. Ich telefoniere gleich am nächsten Morgen mit ihr.

Samstag werde ich entlassen, muss aber Montag in aller Herrgottsfrühe noch einmal zur Kontrolle ins Krankenhaus kommen. Als die Schwester den Verband abgenommen hat, wage ich einen Blick. Es sieht zum Glück nicht mehr ganz so schlimm aus.

Der Arzt erklärt mir, dass ich das Antibiotikum noch weiter nehmen soll und Mittwoch und Freitag noch mal wiederkommen muss. Aber immer erst am Nachmittag. Das ist mir ganz recht, denn irrwitzigerweise spekuliere ich darauf, Linnea vielleicht hier im Krankenhaus zu treffen, aber das wäre natürlich purer Zufall und solche Zufälle gibt es nicht.

Tante Mirja und Onkel Daniel machen sich immer noch große Sorgen und meine Eltern natürlich auch. Pa schickt mir ständig Nachrichten und mit Mom habe ich heute auch schon mehrfach telefoniert. Am Abend schicken sie mir zwei Videos. Was soll das denn jetzt? Ich muss wirklich lachen. Das eine Video ist für mich, das andere für Linnea?! Zuerst schaue ich mir das Video für mich an. Mom und Dad sitzen im Büro. Zuerst spricht Dad. Er sagt, dass Mirja ihnen von Linnea erzählt hat und dass sie es ganz wunderbar finden, dass ich mich um das Mädchen kümmere. Dann spricht Mom dazwischen. Sie erklärt, dass sie Linnea gerne einladen möchte, die Ferien bei uns auf dem Weingut zu verbringen. Dann kommen meine Geschwister dazu und alle reden durcheinander. Wie immer bei uns, aber ich vermisse den verrückten Haufen! Das Video für Linnea soll ich ihr zeigen, wenn ich es für den geeigneten Zeitpunkt halte. Ich bin sprachlos und meine Augen brennen. Ja, so sind meine Eltern, mehr als großzügig und mit einem offenen Herzen, auch Fremden gegenüber. Und davon, dass sie eigentlich böse auf mich sind, bemerke ich nichts mehr.

Jeden Tag, wenn Tante Mirja von ihrer Schicht im Krankenhaus nach Hause kommt, stelle ich dieselbe Frage: „Hast du etwas über Herrn Holmqvist erfahren?"

Und heute sagt sie endlich: „Ja, er ist nicht mehr auf der Intensivstation. Das ist ein gutes Zeichen."

Gott sei Dank! Ich bin wirklich heilfroh.

Der Kontrolltermin am Mittwoch verläuft gut und ich habe auch fast keine Schmerzen mehr.

Danach streife ich durch das Krankenhaus. Auf welcher Station könnte Herr Holmqvist liegen? Ich bräuchte nur am Empfang zu fragen, aber unter welchem Vorwand könnte ich ihn besuchen? Er kennt mich ja gar nicht. Linnea wollte nicht, dass ich ihn kennenlerne, sonst hätte sie mich schon längst einmal freitags mit hineinbitten können. Stattdessen hat sie mich zum Teufel gejagt. Verschwinde, hat sie mir entgegengeschleudert. Was mache ich eigentlich noch hier? Ich verwerfe meinen Plan, Herrn Holmqvist zu besuchen und fahre nach Hause.

Mir ist todlangweilig, also schleiche ich zu Onkel Daniel in die Werkstatt.

„Finley! Was hat der Arzt gesagt?"

„Es ist viel besser geworden. Mach dir keine Sorgen."

„Gott sei Dank!", er umarmt mich fest.

„Mir ist langweilig", jammere ich wie ein kleines Kind.

„Das trifft sich gut", meint mein Onkel und zeigt auf eine große Dose mit Schrauben. „Wenn du mir die sortieren könntest, wäre super. Immer schön nach Länge und Stärke in diese Kästchen hier. Oh, Mann, ich werde nie wieder laut aussprechen, dass mir langweilig ist.

Seit ich krank bin, kümmern sich irgendwie alle um mich. Helena fragt, ob sie sich bei meinem Lehrer nach den Hausaufgaben erkundigen soll. Darauf war ich zwar nicht gerade scharf, aber ihr Vorschlag ist schon sinnvoll, denn wenn ich meine Noten nicht verbessere, lassen mich meine Eltern hier bis zum Abitur schmoren.

Elias zeigt mir Aufnahmen von seinem Training und Tante Mirja wechselt meinen Verband, weil sie sich mit eigenen Augen davon überzeugen will, dass die Wunde gut heilt.

*

Linnea

Da mein Vater noch im Krankenhaus ist, brauche ich nicht wie eine Verrückte nach Hause zu rasen und packe in aller Ruhe meine Sachen ein. Deshalb bekomme ich auch mit, dass ein Mädchen unser Klassenzimmer betritt und mit unserem Lehrer spricht. Sie zieht einen Block aus ihrer Tasche und notiert sich etwas. Wer ist das? Sie trägt unsere Schuluniform und irgendwie kommt mir ihr Gesicht bekannt vor. Beim Verlassen des Schulgebäudes stoße ich quasi direkt mit der Nase darauf. Im Eingangsbereich hängen Bilder von unseren Schulsportmannschaften. Natürlich! Das war Helena Edlund, die Mannschaftsführerin unseres Mädchen Feldhockey Teams. Ein einziges Mal habe ich eines ihrer Spiele verfolgt und ich war schwer beeindruckt von der Schnelligkeit und Härte dieser Sportart.

Ich habe Zuhause im Internet recherchiert. Schreinerei und Restaurationen Edlund, das ist Finleys Onkel. Helena wird die Tochter sein. Ergo ist es die Familie Edlund, bei denen Finley wohnt.

Auch an diesem Freitag taucht er nicht auf, um mir wie sonst mit den Einkäufen zu helfen. Er scheint also wirklich krank zu sein. Es lässt mir keine Ruhe, ich muss einfach wissen, was mit ihm los ist. Montag und Dienstag halte ich in der Mensa nach Helena Ausschau, entdecke sie aber nicht. Da fällt mir das Hockey Team ein. Sie haben drei Mal pro Woche Training. Heute ist

Mittwoch, also muss heute Training sein. Ich beeile mich zum Spielfeld zu kommen, damit ich Helena noch vor Trainingsbeginn erwische. Die Spielerinnen versammeln sich erst nach und nach, als ich mich nähere. Helena sieht mich und kommt auf mich zu.

„Lust auf ein Probetraining? Ich bin Helena", begrüßt sie mich freundlich. Wir geben uns die Hand. „Linnea", stelle ich mich vor. „Ähm, nein, ich möchte kein Probetraining machen, ich wollte dich etwas anderes fragen. Finley wohnt doch bei euch, oder?"

„Mein Cousin, ja, was hat er angestellt?"

„Nichts, gar nichts", wehre ich schnell ab. „Wir gehen nur in eine Klasse und da er letzte Woche schon gefehlt hat und diese Woche wieder nicht da ist ..."

„Ja, er ist wirklich krank. Hatte fast eine Blutvergiftung und war im Krankenhaus. Es geht ihm aber schon viel besser, er ist jetzt wieder zu Hause."

„Oh Gott!" Ich schlage mir beide Hände vor den Mund. Mir wird total schwindelig, alles dreht sich. Helena greift geistesgegenwärtig nach meinem Arm und führt mich zu einer Bank. „Bringt mal eine Flasche Wasser", ruft sie ihren

Spielerinnen zu. Nachdem ich mehrere Schlucke genommen habe, wird es besser.

„Geht es wieder?", fragt Helena besorgt. Sie hat sich zu mir gesetzt und mich nicht aus den Augen gelassen.

„Ja, ja, danke. War alles ein bisschen viel in letzter Zeit. Mein Vater liegt auch im Krankenhaus."

„Das tut mir leid. Ist es schlimm?"

Ich nicke nur und Helena drückt verständnisvoll meinen Arm, bohrt aber nicht weiter nach. „Du warst doch neulich bei uns eingeladen, oder?"

„Ja. Stimmt. Ich habe gar nicht abgesagt. Das tut mir leid. Das war der Sonntag, an dem mein Vater in die Klinik kam und ..."

„Mach dir keinen Kopf, mein Bruder hat mühelos deine Portion mit verdrückt."

Ich lächele und nicke. „Wenn du los musst, kannst du ruhig zu deinem Training gehen. Ich bleibe noch ein Weilchen hier sitzen und schaue euch zu, wenn ich darf."

„Klar darfst du. Bist du sicher, dass es dir besser geht?"

„Ja, ja, geh nur."

Es ist ganz ungewohnt und schön, einfach hier zu sitzen und dem Team beim Training zuzusehen. Normalerweise habe ich dafür gar keine Zeit. Und ich bin erleichtert, dass Finley offensichtlich auf dem Weg der Besserung ist.

Kapitel 13

Die Wolken verziehen sich

Finley

Beim Abendessen lässt Helena die Katze aus dem Sack. „Linnea hat mich heute angesprochen."

„Was?" Mir fällt vor Schreck die Gabel aus der Hand. Helena grinst von einem Ohr bis zum anderen. „Woher kennt sie dich? Was wollte sie? Wie geht es ihr? Wie sieht sie aus?"

„Wow, wow, wow", sagt sie und lässt mich ein paar Sekunden schmoren. Zuerst kaut sie genüsslich zu Ende und schluckt hinunter, bevor sie mir antwortet.

„Also, erstens kennt *jeder* an unserer Schule Helena Edlund. Zweitens wollte sie wissen, was mit dir los ist. Drittens ist sie fast in Ohnmacht gefallen, als ich ihr gesagt habe, dass du im Krankenhaus warst und viertens sieht sie schlecht aus."

„Sie ist fast in Ohnmacht gefallen?", fragt meine Tante besorgt und nimmt mir damit die Worte ab, die ich ebenfalls auf der Zunge hatte.

„Na ja, sie wurde noch bleicher wie bleich und ihr wurde schwindelig. Ich hab sie auf eine Bank verfrachtet und ihr etwas zu trinken gegeben."

„Und dann?", will ich wissen.

„Nix und dann. Sie hat uns eine Weile zugeschaut und auf einmal war sie verschwunden. Ich habe sie zum Probetraining eingeladen, aber sie wollte nicht."

„Das ist ein ganz armes Mädchen", schaltet sich meine Tante jetzt wieder ein. „Ihr Vater ist sehr krank. Kümmere dich ein bisschen um sie. Ja?"

„Klar, kann ich machen", sagt Helena gelassen und kaut schon wieder, „aber ich sehe sie echt selten. Ach, und sie entschuldigt sich, dass sie neulich zu dem Essen nicht kommen konnte und auch nicht abgesagt hat. Das war der Tag, an dem ihr Vater ins Krankenhaus musste."

Das wussten wir ja schon, aber offenbar hatte das Helena gar nicht mitbekommen. *Sie sieht schlecht aus*, geht mir Helenas Beschreibung durch den Kopf.

„Täusche ich mich, oder sind das Herzchen in Finleys Augen?", frotzelt Elias.

Nach dem Essen helfe ich freiwillig in der Küche, so gut ich eben mit meiner verletzten Hand kann, um Tante Mirja auf den Zahn zu fühlen. Sie weiß mehr! *Das ist ein ganz armes Mädchen*, hat sie während des Essens gesagt.

„Was weißt du über Linneas Vater?", frage ich sie ganz direkt, als wir endlich alleine in der Küche sind. Sie reicht mir die Schüssel, die sie gerade abgetrocknet hat und ich stelle sie in den Schrank. Ihr Schweigen kenne ich. „Ich weiß, dass du nicht darüber reden darfst, aber du weißt doch mehr, das spüre ich. Was hast du meinen Eltern erzählt, dass sie Linnea, ein für sie wildfremdes Mädchen, nach Kalifornien einladen wollen? Wird ihr Vater bald sterben?" Nachdem ich diese Worte ausgesprochen habe, fange ich an zu schwitzen. Erschrocken dreht sich meine Tante zu mir um.

„Nein, er wird nicht sterben. Wie kommst du denn auf diesen Gedanken?"

„Na ja, deine Äußerung vorhin beim Essen ..."

„Herr Holmqvist ist krank und das nicht erst seit ein paar Wochen. Ich kann mir vorstellen, wie sehr das eine Familie belastet."

Noch immer kann ich mir nichts Genaues darunter vorstellen. „Hat er Krebs?"

„Nein, er hat keinen Krebs", bekomme ich schon wieder eine ausweichende Antwort. „Okay", sage ich und verschränke meine Arme vor der Brust, „dann werde ich eben selber herausfinden, was da los ist."

Mir fällt auf, dass ich auf meiner Unterlippe herumbeiße. Das tue ich eigentlich nicht, aber Linnea habe ich schon oft dabei beobachtet. Wenn sie das tut, muss ich meinen Blick schleunigst abwenden, sonst geht meine Fantasie mit mir durch.

*

Und plötzlich fügt sich alles auf ganz wundersame Weise.

Dienstagnachmittag klingelt es und Linnea steht vor der Tür. Sie bringt mir die Schulaufgaben und erkundigt sich schüchtern, wie es mir geht. Natürlich frage ich gleich nach ihrem Vater und lasse sie nicht einfach so wieder verschwinden. Ich überrede sie, jetzt jeden Tag mit mir zu lernen. Seltsamerweise stimmt sie ohne Gezeter zu.

Weil das Wetter endlich schön ist, sitzen wir im Garten, als meine Tante auftaucht.

„Darf ich euch mal kurz stören?", ruft sie über den Rasen und wedelt mit Zeitschriften, oder was immer das auch ist.

„Klar", rufe ich ihr zu. Froh über eine kleine Lernpause. Sie ist bei uns am Tisch angekommen und setzt sich neben Linnea. „Sieh mal, ich habe dir etwas mitgebracht." Tante Mirja legt mehrere Broschüren vor Linnea auf den Tisch.

„Was ist das?", fragt Linnea und schaut irritiert auf das Deckblatt. Das Bild zeigt einen sehr modern aussehenden Wohnkomplex.

„Was soll das sein? Ein Pflegeheim für meinen Vater?" Linneas Stimme klingt aufgeregt und ich bemerke, wie schnell sie auf einmal atmet.

„Linnea, ich bin Krankenschwester im Hospital. Ich weiß, wie schlecht es deinem Vater geht. Ihr schafft das auf Dauer nicht alleine. Sieh mal hier", Tante Mirja zieht ein anderes Prospekt aus dem Stapel hervor. „Es gibt von der Stadt auch behindertengerechte Wohnungen und ihr könnt einen Pflegedienst in Anspruch nehmen."

Zögerlich nimmt Linnea die Broschüre in die Hand und lässt die Seiten über ihren Daumen gleiten. „Eine größere Wohnung wäre schon gut", sagt sie leise. Tante Mirja und ich werfen uns einen Blick zu. „Wie viele Quadratmeter habt ihr denn zur Zeit?", fragt meine Tante. Linnea zuckt mit den Schultern. „Ihr braucht auf jeden Fall vier Zimmer, Küche und Bad."

„Vier Zimmer?" Linnea hebt erstaunt ihren Kopf.

„Ja, Wohnzimmer, ein Schlafzimmer für dich, eins für deine Mutter, ein Pflegezimmer für deinen Vater, Küche und Bad natürlich. Schau dir alles in Ruhe an und sprich mit deiner Mutter darüber, das ist ganz wichtig. Und wenn ihr Fragen habt zu den Anträgen und so, dann helfe ich euch gerne." Tante Mirja steht auf. Ich schaue ihr fest in die Augen und sage ohne Worte Danke, denn ich spüre, dass gerade eben eine ganz wichtige Sache angestoßen wurde.

*

In gut drei Wochen ist unser letzter Schultag und ich habe immer noch nicht den Mut aufgebracht, Linnea zu fragen, ob sie mit mir nach Kalifornien kommen möchte. Zuerst muss ich mir das Video anschauen, welches meine Eltern für sie geschickt haben und das stellt sich als kluge Idee heraus, denn sie sagen, dass sie Linnea gerne einladen möchten, damit sie sich erholen kann. Ihren Vater erwähnen sie zwar mit keinem Wort, aber das wird so trotzdem nicht funktionieren. Da müssen wir uns etwas anderes einfallen lassen und ich rufe meinen Dad an, um einen perfekten Plan mit ihm auszuhecken.

Als wir ein paar Tage später wieder im Garten sitzen und mit unserer Lernstunde durch sind, packe ich den Stier bei den Hörnern.
„Ich möchte dir etwas zeigen, Linnea. Meine Eltern und ich haben eine große Bitte an dich. Du

musst nicht sofort darauf antworten, aber bitte, sieh es dir wenigstens an."

Linnea stutzt, sie weiß nicht, was sie aus meiner Ankündigung schließen soll. Ich schalte mein Handy ein, suche das Video heraus und halte es so, dass sie es sehen kann.

Meine Eltern sitzen im Büro und mein Dad spricht zuerst in die Kamera.

„Hallo Linnea! Wir sind die Eltern", er deutet auf meine Mutter und sich, „von diesem unmöglichen jungen Mann, der gerade bei meiner Schwester in Finnland wohnt. Wie uns zu Ohren gekommen ist, verbessern sich seine Schulnoten endlich, allerdings erst, seitdem du mit ihm lernst. Dafür sind wir dir sehr dankbar. Nun stehen ja bald die großen Sommerferien an und Finley wird für diese Zeit nach Hause kommen. Ja, und nun haben wir uns überlegt …, natürlich nur wenn du möchtest und wenn deine Eltern dem zustimmen würden ... ob du dir vorstellen könntest ..."

Jetzt mischt sich meine Mom ein. „Liebe Linnea, was mein Mann sagen möchte, ist: Wir würden dir gern einen Ferienjob bei uns anbieten. Natürlich wirst du für deine Mühen entlohnt. Du kommst mit Finley nach Kalifornien, ihr lernt zwei Stunden pro Tag zusammen und den Rest der Zeit hast du frei. Du kannst bei uns wohnen. Kost und Logis frei sozusagen und den Flug übernehmen wir auch. Also, überlege es dir in Ruhe, ob du diese Strapazen auf dich nehmen möchtest und ich rede auch gerne mit deinen Eltern darüber, falls sie Bedenken haben. Wäre es nach mir gegangen, hätte er den Sommer über in Finnland Trübsal blasen können, aber seine Geschwister vermissen ihn so sehr, dass ich mich habe weichklopfen lassen."

Jetzt taucht meine kleine Schwester Sari im Bild auf und schiebt sich auf Dads Schoß. „Du musst kommen, Linnea, und meinem Bruder helfen, bitte! Er ist schon sooo lange fort und ich vermisse ihn ganz dolle." Sie zieht ihre berühmte Schnute und schnieft, als würde sie gleich anfangen zu weinen.

„Wir freuen uns von dir zu hören", sagt mein Vater noch am Ende des Videos und dann winken sie alle zum Abschied.

Die nächsten zehn Sekunden sagt Linnea gar nichts und ich überlege krampfhaft, ob wir einen Fehler gemacht haben. Aber dann greift sie nach meiner Hand und sagt: „Ich möchte es noch einmal ansehen."

Also zeige ich ihr das Video erneut und am Ende kann ich Tränen in ihren Augen und ein leichtes Lächeln auf ihrem Gesicht erkennen. Puh! Wenigstens ein kleiner Teil der Anspannung fällt von mir ab.

„Deine Eltern wirken sehr sympathisch und deine Schwester ist ja goldig", sagt sie und schaut mich an. Es liegt eine Wärme in ihrem Blick, die ich zuvor noch nie bei ihr gesehen habe.

„Ja, sie hängt wie eine Klette an mir, unsere kleine Zuckerschnute. Ich vermisse sie auch, und meine Brüder ebenso. Was sagst du dazu? Könntest du dir vorstellen mit mir zu kommen?"

„Warum sollte ich das tun?"

„Warum solltest du es nicht tun? Du hast nichts anderes vor. Es ist *die* Gelegenheit endlich mal aus Finnland raus zu kommen. Bei uns ist immer tolles Wetter, meine Familie ist chaotisch, aber liebenswert, unsere Köchin zaubert fantastische Gerichte und keine Angst, du müsstest nicht mit mir in einem Zimmer schlafen. Wir haben genug Platz, du kannst eins der Gästezimmer haben."

„Eure Köchin? Ihr habt eine Köchin?"

„Ja, die brauchen wir unbedingt, denn ohne Gracia wären wir alle schon längst verhungert."

„Verstehe. Und eins der Gästezimmer? Wie viele habt ihr denn?", fragt sie weiter.

„Bei uns im Haus gibt es fünf. Sorry, jetzt habe ich schon wieder gegroßkotzt."

„Schon okay. Wenn es der Wahrheit entspricht", sagt sie milde und schmunzelt.

„Das zweite leichte Lächeln an einem Tag", ziehe ich sie auf, „Linnea, du wirst mir langsam unheimlich."

Ich bin hoffnungsvoll gestimmt, denn ich denke, die Chancen, dass sie mitkommen wird, stehen nicht ganz so schlecht.

Kapitel 14

Ward Vineyard

Linnea

Tia ist die Einzige, die trotz aller Begeisterung für eine Flugreise nach Kalifornien leichte Bedenken zum Ausdruck bringt.

„Eine Kröte muss man eben schlucken", sagt sie und meint damit Finley. „Hau ihm auf die Finger, wenn er dir an die Wäsche will."

„Bisher hat er nichts dergleichen getan", verteidige ich ihn. Alle anderen scheinen mich loswerden zu wollen. Mirja und Helena reden auf mich ein und nachdem ich mit meinen Eltern gesprochen habe und sie mich ebenfalls darin bestärkt haben mitzufliegen, stimme ich der Reise zu. Keine Ahnung, welcher Teufel mich gerade reitet, aber vermutlich greife ich einfach nach jedem Strohhalm, um der Situation bei uns Zuhause zu entkommen.

*

Auf Ward Vineyard

Finley führt mich in eine riesengroße Küche, in der gerade eine kräftige Frau Gemüse schneidet. „Gracia!", ruft er laut und breitet seine Arme aus. Die Frau erschrickt, lässt ihr Messer fallen und fährt herum.

„Finley!", ruft sie ebenso laut und strahlt über das ganze Gesicht. Sie breitet theatralisch ihre Arme aus, lässt sich fest von ihm umarmen und auf beide Wangen küssen.

„Junge, du bist also wirklich wieder da? Was für ein Unglück", sagt sie gut gelaunt und tätschelt seine Wange. Finley gibt ihr noch einen schnellen Kuss auf die Stirn, bevor er sagt: „Gracia, ich möchte dir unseren Gast vorstellen, das ist Linnea. Linnea, das ist Gracia, unsere Köchin."

Ich bin nähergetreten, um Gracia die Hand geben zu können. „Es freut mich sehr, Sie kennenzulernen", sage ich in Englisch und versuche ein kleines Lächeln. Wir haben abgemacht, auf kalifornischem Boden nur noch Englisch zu sprechen. Was Finley natürlich sehr gelegen kommt.

„Ganz meinerseits, Miss", sagt Gracia und lächelt mir zu.

„Oh, warum so förmlich, liebste Gracia?", zieht Finley die Köchin ein wenig auf. „Du musst wissen, Linnea, dass unsere Gracia einfach alles kochen kann, was du dir wünschst, aber am besten schmecken mir ihre italienischen Gerichte. Ihre Kochkünste sind legendär, was man von denen meiner Mom nicht unbedingt behaupten kann. Vor ihren Speisen sollte man sich eher in Acht nehmen."

„Hört, hört, und warum, wenn ich fragen darf?", ertönt eine energische Stimme hinter uns.

Wir fahren herum und ich erblicke eine zierliche Frau mit knallroten Locken, die lässig am Türrahmen lehnt.

„Mom!", ruft Finley laut, stürzt durch die Küche und umarmt seine Mutter stürmisch.

„Mein missratener Sohn ist also tatsächlich heimgekehrt", sagt sie ernst und schiebt ihn ein

Stück von sich weg um ihn besser betrachten zu können. „Deine Bräune hat gelitten, aber sonst siehst du ganz passabel aus", stellt sie trocken fest und tätschelt ebenfalls seine Wange. Ein wenig zu fest habe ich den Eindruck. Dann schiebt sie ihn beiseite und kommt mit schnellen Schritten auf mich zu. Noch bevor sie richtig in meiner Nähe ist, streckt sie mir bereits ihre Hand entgegen. „Und du musst Linnea sein. Freut mich sehr, dich kennenzulernen."

Wir schütteln uns die Hand und ich bin erstaunt über die Energie, die diese kleine Person ausstrahlt.

„Ganz meinerseits, Frau Tervo", bringe ich schüchtern und leise hervor, „und vielen Dank für die Einladung."

„Ach, kein Ding", sagt sie und winkt ab. „Wir sind dir zu Dank verpflichtet und wir haben genug Platz für eine ganze Fußballmannschaft. Und bitte nenn mich Penelope. Frau Tervo ist meine Schwiegermutter und an die möchte ich nicht ständig erinnert werden. Finley, du kümmerst dich um unseren Gast, ich muss weiter. Wir sehen uns beim Abendessen, Linnea. Ich freue mich."

Zack, weg ist sie wieder. Eine beeindruckende, aber auch etwas merkwürdige Person. Sie hat ihren Sohn missraten genannt, eine nicht gerade liebevolle Beschreibung für sein eigen Fleisch und Blut.

Etwas später lerne ich noch Herrn Tervo und Finleys Geschwister kennen. Bei unserem ersten gemeinsamen Abendessen werde ich von allen Seiten mit Fragen bestürmt. Mir schwirrt der Kopf!

*

Finley

Um kurz nach acht am nächsten Morgen reißen mich die Gesänge von Keith Urban aus einem leichten Dämmerschlaf. Mist! Gracia hat heute frei, was gleichbedeutend ist mit: Mom macht Frühstück! Scheiße! Ich sprinte unter die Dusche, ziehe mir noch fast nass eine Jogginghose und ein T-Shirt an und rase in die Küche.

„Morgen, Mom!", brülle ich gegen Keith an.

„Morgen, Finley!", brüllt sie zurück. „Warum bist du schon auf? Ist etwas passiert?"

„Nein, gar nichts ist passiert", antworte ich ihr und drehe die Musik leiser, „außer, dass du das ganze Haus aufweckst."

„War gar nicht meine Absicht", grinst sie. „Hast du gut geschlafen?"

„Nein", ... fast hätte ich Sari verraten, die gestern Abend zu mir ins Bett geschlüpft kam, bekomme aber gerade noch so die Kurve, „Jetlag vermutlich."

„Deine Freundin ist nett, sie gefällt mir", plappert Mom weiter.

„Mom! Erstens ist sie nicht *meine* Freundin, sondern eine Schulkollegin, und zweitens kannst du gar nicht beurteilen, ob sie wirklich nett ist, nur weil sie höflich auf alle Fragen geantwortet hat, heißt das noch gar nichts. Ihr habt sie ja ausgequetscht wie eine Zitrone."

„Hat sie sich etwa beschwert?"

„Nein, hat sie nicht. Das würde sie auch niemals tun, dafür ist sie viel zu schüchtern und gut erzogen."

„Hört, hört! Das sind ja ganz neue Töne."

„Mom, vielleicht könntet ihr ein bisschen Rücksicht auf sie nehmen. Sie ist so einen Trubel nicht gewohnt."

„Natürlich, entschuldige bitte", sagt Mom mit einem komischen Blick und leckt sich ein bisschen Joghurt vom Finger, den sie gerade in eine Glasschale gefüllt hat. Mit meiner Hilfe bauen wir ein beachtliches Frühstücksbuffet auf. Normalerweise gibt es noch Eier, Speck, Würstchen und Pfannkuchen, aber da wäre unsere Küche im Chaos versunken. Wenn Gracia morgen wieder da ist, kann Linnea das alles immer noch kosten. Nach einer Weile taucht mein Vater in der Küche auf und Sari kommt angeflitzt. „Finley", sie stürzt an mein Bein und drückt sich an mich. Ich gehe in die Hocke und umarme sie. „Guten Morgen, Süße", flüstere ich in ihr Ohr, „hast du gut geschlafen?" Sie grinst, nickt und gibt mir einen feuchten Kuss auf die Wange. Erst danach werden Mom und Dad geküsst.

„Wo sind die anderen?", will sie wissen und stemmt ihre Hände in die Hüften.

„Die werden noch schlafen", sagt Dad. „Aber es ist bereits nach neun, du kannst sie ruhig wecken gehen." Sie will schon los flitzen, doch ich halte sie schnell fest. „An Linneas Zimmertür klopfst du zuerst an und nur wenn sie sagt, dass du hereinkommen darfst, öffnest du die Tür. Okay? Nicht einfach reinstürmen."

„Okay, hab`s verstanden", sagt sie genervt und verschwindet. Ich gehe ihr nach und bleibe unten an der Treppe stehen. Ich höre wie sie klopft und ruft: „Linnea? Bist du schon wach? Es gibt Frühstück!" Nichts rührt sich. Ich rechne schon damit, dass sie jetzt gleich Linneas Zimmertür aufreißen wird, aber stattdessen höre ich ein erneutes Klopfen. Kurz danach vernehme ich Linneas Stimme. „Guten Morgen, Sari."

„Geh schon runter ins Esszimmer", gibt meine Schwester Anweisungen, „ich muss noch meine Brüder wecken."

Ein kurzes Lächeln huscht über mein Gesicht und ich verschwinde schnell im Esszimmer.

„Guten Morgen", sagt Linnea schüchtern, als sie zu uns ins Esszimmer tritt. „Guten Morgen", sagen Mom, Dad und ich im Chor. Dad geht auf sie zu und dirigiert sie zu unserem Buffet. „Sieh mal, Linnea, was es hier alles gibt. Worauf hast du Appetit? Bitte nimm dir, was du möchtest. Tee oder Kaffee?"

„Tee, bitte", sagt Linnea und nimmt sich einen Toast, Butter und Erdbeermarmelade.

Sari kommt angeflitzt und schnappt sich den Platz neben Linnea. Wie gestern Abend schon, sitzt sie jetzt wieder zwischen uns.

„Hast du gut geschlafen?", fragt sie Linnea und schaut sie neugierig an.

„Ja, danke, habe ich."

„Was hast du geträumt?"

„Geträumt? Oh, ich … ich glaube, ich habe gar nichts geträumt. Ich war so müde, dass ich sofort eingeschlafen bin und ich kann mich an keinen Traum erinnern."

„Hm, schade", sagt Sari und zieht eine Grimasse, „das ist echt doof, denn was man in der ersten Nacht in einem fremden Bett träumt, geht in Erfüllung."

„Da habe ich wohl wieder mal Pech gehabt", antwortet Linnea leise und senkt ihren Blick.

„Ach, sei nicht traurig", muntert Sari sie gleich wieder auf, „das gildet in der zweiten Nacht auch noch. Stimmt doch, oder?" Sie schaut unseren Dad mit großen Augen an.

„Natürlich stimmt das", sagt Dad sofort, „ganz sicher sogar."

Trotzdem kann ich spüren, dass sich Linnea nicht wirklich wohl fühlt. Sie isst schweigend ihren Toast und nippt vorsichtig am Tee. Als meine Brüder in das Esszimmer gerannt kommen, ist es mit der Ruhe schlagartig vorbei. Sie unterhalten sich lautstark über irgendein Football Spiel.

„Guten Morgen, Jungs", sagt Dad und ermahnt sie, weil sie nicht gegrüßt haben.

„Morgen! Gibt es heute keine Würstchen?", fragt Liam. „Und wo sind die Pfannkuchen?", fügt Glen hinzu.

„Die gibt es morgen wieder", antworte ich ihnen schnell, bevor Mom explodiert.

„Möchtest du auch noch etwas?", frage ich Linnea, während ich zum Buffet gehe, um mir noch ein Brötchen zu holen. „Ja, bitte, Linnea, greif doch zu", fordert auch meine Mutter sie auf. „Von diesem einen Toast kannst du doch nicht satt sein."

Gezwungenermaßen steht sie auf und holt sich etwas Joghurt und ein paar Erdbeeren. Ich mache mir wirklich Sorgen. Vielleicht war es ein Fehler sie hierher zu bringen? Sie muss sich vorkommen wie auf einem anderen Planeten.

„Du hast so schöne Haare", reißt mich Sari aus meinen Gedanken. Sie streicht vorsichtig über Linneas Zopf.

„Aber ich habe keine Locken, so wie du", gibt Linnea zurück.

„Engel haben immer blonde Haare und du siehst aus wie ein Engel."

„Aber du nicht", mischt Glen sich jetzt ins Geschehen ein. „Denn Engel mit roten Haaren gibt es nicht."

„Gibt es wohl", regt sich Sari auf und verpasst ihrem Bruder unter dem Tisch einen Tritt gegen sein Schienbein. Liam und ich fangen an zu lachen.

„Spinnst du?", fährt Glen sie an, „Mir volle Kanne gegen das Schienbein zu treten?"

„Kinder, bitte", geht Dad sofort dazwischen.

„Aber er war gemein zu mir", wettert Sari, „und wenn jemand gemein zu einem ist, muss man sich wehren."

„Aber nicht mit körperlicher Gewalt", belehrt sie Dad.

„Doch, zur Not auch das. Hat Mama jedenfalls gesagt."

Meine Brüder und ich brechen in schallendes Gelächter aus und Dad schaut Mom nur kofpschüttelnd an.

Ich habe die Bande schon ganz schön vermisst. Es ist super Zuhause zu sein. Mein eigenes Zimmer wieder zu haben und mein Bad. Das gute Essen von Gracia, wenn sie ab morgen wieder im Dienst ist. Und ich werde jetzt gleich mal Yuma anrufen, um mich für morgen Nachmittag mit ihm zu verabreden. Er hat mir auch gefehlt.

Ab und zu, in ganz dunklen Momenten, denke ich an M.M., Mandy Miller, und hoffe inständig, dass sie hier nicht mehr auftauchen wird. Bei Gelegenheit muss ich meinen Dad fragen, ob und wann er sie zuletzt gesehen hat.

*

Linnea

Nach dem Frühstück, was ein wirkliches Erlebnis war, zeigt mir Herr Tervo einen kleinen Teil von dem Gut. Auf Anhieb mag ich Finleys Vater sehr. Er scheint mir der ruhigste Vertreter der ganzen Familie zu sein. Zuerst gehen wir zur Abfüllanlage, dann in die Weinkellerei und zu den riesigen Lagerräumen. Das alles beeindruckt mich sehr.

Den Nachmittag haben Finley und ich zur freien Verfügung, also nachdem wir wirklich zwei Stunden gelernt haben. Die Jungs albern am Pool herum und ich ziehe mich mit einem Buch in den Schatten zurück. Es dauert nicht lange, bis Sari auf meine Liege hüpft und mich bittet, ihr einen Zopf zu flechten. Wir werden heute Abend gemeinsam zum Essen ausgehen und da möchte sie hübsch aussehen. Ich gebe mir wirklich Mühe, aber ihre Locken zu bändigen ist fast unmöglich. Zum Schluss feuchten wir ihr Haar an, damit es etwas besser funktioniert.

„Danke, Linny", strahlt mich Sari an, als ich endlich fertig bin. Offenbar hat sie gerade diesen Namen für mich erfunden.

„Gern geschehen, Süße."

„Und wenn ich dir mal die Haare bürsten soll, sagst du mir Bescheid, ja? Ich zuppel dich auch nicht, versprochen. Mama zuppelt mich immer, weil sie so ungeduldig ist."

„Versprochen", sage ich, bevor sie wieder abzischt und Finley ganz stolz ihren Zopf vorführt. Dass ihre Mutter ungeduldig mit ihren Haaren ist, kann ich mir lebhaft vorstellen. Ich habe gerade wieder mein Buch in die Hand genommen, als Finley zu mir herüberkommt.

„Tut mir leid, wenn Sari dich gestört hat, aber sie mag dich. Hat sie mir gestern Abend schon erzählt."

„Sie hat mich nicht gestört, wirklich nicht und ich mag sie auch. Sie ist echt goldig."

„Und sorry für den Trubel beim Frühstück. Meine Familie ist einfach immer chaotisch."

„Dafür ist es bei uns oft zu still."

„Hast du deine Eltern schon angerufen?"

„Ja, es ist alles in Ordnung, sagt meine Mutter. Deine Tante war auch gerade da. Wir sind ihr wirklich sehr dankbar, dass sie das mit dem Pflegedienst für uns in die Wege geleitet hat."

„Beruhigt dich das ein bisschen?"

„Schon, ja, und die Leute vom Pflegedienst sind wirklich sehr nett. Es ist ja auch nur vorübergehend, bis er einen Reha-Platz bekommt."

„Siehst du, es läuft auch alles, wenn du mal nicht da bist. Ich hoffe, dass du dich ein bisschen entspannen kannst." In seinen Augen liegt ein merkwürdiger Ausdruck.

„Ich bemühe mich", antworte ich ihm ehrlich.

Finley lacht. „Du sollst dich nicht bemühen, Linnea, du sollst dich einfach mal fallen lassen und wenn es nötig sein sollte, dann werde ich dich auffangen."

Ich bekomme eine Gänsehaut und bin sprachlos, solche Worte aus Finleys Mund zu hören.

„Kinder! Zieht euch langsam mal um", ruft da sein Vater von einem Balkon zu uns herunter. „Gegen achtzehn Uhr wollen wir los."

Da wir zu siebt nicht alle in einen Wagen passen und Finley in Kalifornien schon mit 17 Autofahren darf, rollen wir mit zwei Autos vom Hof. Er hat tatsächlich ein eigenes Auto, was ich ihm nie glauben wollte. Sari will unbedingt mit Finley und mir fahren, deshalb muss ihr Kindersitz zuerst in Finleys Auto geschafft und befestigt werden. Dann geht es los. Nach gut zwanzig Minuten sind wir angekommen und marschieren in das Restaurant. Herr und Frau Tervo werden sofort auffallend freundlich begrüßt. Alle haben sich chic gemacht. Herr Tervo trägt einen hellgrauen Anzug mit weißem Hemd und Krawatte, Frau Tervo einen grünen seidenen Hosenanzug. Auch die Jungs sehen gut aus. Allesamt in dunkler Hose und schönen Hemden. Sari hat sich für ein rotes Kleid entschieden und ich habe das einzige Kleid angezogen, was ich mitgebracht habe. Es ist schlicht und dunkelblau. Als wir zu unserem Tisch geleitet werden, ruft eine Frau nach

Finleys Mutter. Frau Tervo geht kurz zu ihr und kommt dann in Windeseile zu unserem Tisch. „Entschuldigt bitte", sagt Frau Tervo, „Elizabeth, diese Klatschbase, hat mich wegen dem Wohltätigkeitsbasar in drei Wochen abgefangen."

Sari hat sich gleich wieder neben mich gesetzt und auf meiner rechten Seite sitzt Finley.

Uns werden riesige Menükarten vorgelegt und Herr Tervo sagt, wir sollen uns aussuchen, was unser Herz begehrt. Sari möchte Hühnchen, die Jungs nehmen allesamt Steaks und Frau Tervo und ich entscheiden uns für den Lachs mit Gemüsereis. Während des Essens entsteht eine lockere Unterhaltung darüber, was in der kommenden Woche alles so ansteht.

„Nächsten Samstag habe ich ein Footballspiel", sagt Liam, „kommst du auch mit, Linnea?"

„Natürlich kommt Linnea auch mit", sagt Frau Tervo bestimmend. „Wir alle kommen, schließlich hast du ein wichtiges Spiel."

Liam scheint mir wenig begeistert von dieser Aussage. „Aber bitte, Mom, leg dich nicht wieder mit Rorys Mutter an, so wie letztes Mal."

Glen grinst schon. Ich kann ihn gut beobachten, weil er mir genau gegenüber sitzt.

„Was soll das heißen, *leg dich nicht wieder mit Rorys Mutter an?* Diese Frau hat keine Ahnung von Football und maßt es sich an, eure Spielzüge zu analysieren? Das ging wirklich zu weit Liam, bei aller Liebe."

Alle brechen in Gelächter aus. Als Frau Tervo ihrem Mann einen strafenden Blick zuwirft, verwandelt dieser sein Lachen schnell in ein Husten und hält sich die Serviette vor den Mund.

Meine Güte! Was für eine lustige, lebendige Familie! Noch vor ein paar Tagen hätte ich so etwas nicht geglaubt. Das gibt es nur in Büchern und Filmen, habe ich mir gedacht. Mit einem Schlag brennen meine Augen verräterisch und meine Wangen werden feucht.

„Hört auf, hört sofort auf damit", höre ich Sari rufen. „Linny weint wegen euch."

„Was ist los?", fragt Finley besorgt.

„Ich glaube, ich habe eine Wimper ins Auge bekommen. Entschuldigt mich kurz."

„Die Waschräume sind unten", ruft mir Frau Tervo hinterher. Ich eile eine Wendeltreppe hinunter, stürze in besagten Waschraum und sperre mich in eine der Kabinen ein. Das ist alles zu viel für mich. Diese heile Welt halte ich nicht länger aus. Oder ist es vielmehr so, dass ich jetzt erst richtig begreife, wie beschissen mein eigenes Leben ist? Ja, genau, so herum ist es. Ich sehe unsere kleine, graue Wohnung vor mir und meinen Vater in seinem Pflegebett. Die Gitter sind hochgeklappt, damit er im Schlaf nicht herausfallen kann. Und der Geruch, es hängt immer ein komischer Geruch in unserer Wohnung. Wie die Stimmung ist, ist klar. Immer gedrückt und leise, damit Vater nicht aufgeweckt wird, wenn er gerade mal schlafen kann und gelacht wird bei uns schon lange nicht mehr. Das Klappern der Tür lässt mich aufschrecken.

„Linnea? Bist du da drin? Ist alles in Ordnung? Kann ich dir irgendwie helfen?", höre ich Frau Tervos Stimme. Ich muss mich zusammenreißen. Schnell schnäuze ich meine Nase und antworte. „Ja, alles in Ordnung. Danke."

Ich betätige die Klospülung und öffne die Kabinentür, vor der Frau Tervo wartet und mich mitfühlend ansieht.

„Du kannst jederzeit mit mir sprechen, Linnea", sagt sie und legt mir ihre zierliche Hand auf den Rücken, während ich mir die Hände wasche.

„Ja, danke", sage ich und tupfe mir noch einmal die Augen trocken.

„Möchtest du noch einen Moment alleine sein?"

„Nein, schon okay, wir können nach oben gehen."

Als wir unsere Plätze wieder eingenommen haben, sagt Frau Tervo zur allgemeinen Aufklärung der Situation: „Diese scheiß Wimpern können einem aber auch gewaltig ins Auge piken."

„Arme Linny", wispert Sari und streichelt sanft über meinen Arm.

Es ist spät als wir das Lokal verlassen und Sari verlangt von Finley getragen zu werden, weil sie so müde sei. Finley geht vor ihr in die Hocke, damit sie auf seinen Rücken klettern kann. Als er dann mit ihr im Galopp zwischen den geparkten Autos Slalom läuft, quiekt sie jedoch ganz schön munter. Allerdings schläft sie auf der Rückfahrt ein und ich nutze die Gelegenheit, um mit Finley zu sprechen.

„Es tut mir leid, wenn ich euch den Abend verdorben habe", flüstere ich, um Sari nicht aufzuwecken.

„Du hast uns doch nicht den Abend verdorben. Sag doch so was nicht."

„Es ist nur ... ihr seid so eine tolle Familie und bei uns ..." Scheiße, ich kämpfe schon wieder mit den Tränen. Finley schaut kurz zu mir rüber und nimmt dann eine Hand vom Steuer, um kurz meinen Arm zu drücken. „Du musst mir nichts erklären, Linnea, aber wir können jederzeit darüber sprechen, wenn du das möchtest."

Den Rest der Fahrt legen wir schweigend zurück. Auf dem Weingut angekommen, steigen die anderen gerade aus ihrem Wagen und Herr Tervo kommt zu uns, um Finley Sari abzunehmen.

„Möchtest du noch etwas trinken?", fragt Finley unsicher.

„Nein, danke, ich werde lieber ins Bett gehen."

Er begleitet mich noch bis zu meiner Zimmertür. „Dann gute Nacht, ruh dich aus und vergiss nicht etwas Schönes zu träumen."

*

Finley

Ich kann es kaum erwarten, bis Yuma die Auffahrt zu unserem Haus heraufkommt. Wir haben uns für ein Tennismatch verabredet. Ich habe Linnea gerufen und jetzt stehen wir auf der Außentreppe und erwarten ihn.

„Yuma ist mein bester Freund aus der Grundschulzeit. Wir waren *das* Spitzendoppel in unserem Tennisteam", erkläre ich ihr, während wir warten, „erschrick nicht, wenn du ihn siehst. Er ist groß und kräftig und sehr dunkelhäutig, aber ein herzensguter Kerl und wenn er anfängt zu lachen, wirst du einfach mitlachen müssen, denn er kichert wie ein Mädchen."

Linnea nickt. „Das hört sich doch sehr sympathisch an."

„Schau, da kommt er", ich zeige in die Richtung, in der ich ihn entdeckt habe. Jetzt hält mich nichts mehr, ich sause die Stufen hinunter und laufe ihm entgegen.

„Yuma, alter Freund! Tut das gut, dich wiederzusehen." Wir umarmen uns fest.

„Gleichfalls, Alter, gleichfalls", grinst er mich an und schlägt mir auf die Schulter. „Schlecht siehst du aus. Ganz käsig bist du."

„Stell dir vor, in Finnland war es auch scheiß kalt. – Komm, ich will dir jemanden vorstellen", sage ich und weise auf unsere Treppe. Linnea ist schon heruntergekommen und wir gehen auf sie zu.

„Linnea, darf ich dir meinen besten Freund Yuma vorstellen. Yuma, das ist Linnea, meine Nachhilfelehrerin aus Helsinki."

„Freut mich sehr, dich kennenzulernen, Linnea", strahlt Yuma sie an und schüttelt ihr schwungvoll die Hand.

„Freut mich ebenfalls", entgegnet Linnea schüchtern und lächelt ein wenig.

„Wir könnten uns zusammentun und Fin über den Platz jagen, was hältst du davon?" Er zwinkert ihr zu.

„Oh, nein, ich kann kein Tennis spielen", lehnt Linnea seine Einladung ab.

„Ach, klar kannst du, das ist wie Federball spielen", versucht Yuma sie zu überzeugen.

„Nein, nein, geht ihr mal. Außerdem ist es mir viel zu heiß in der Sonne, ich bleibe heute lieber im Haus."

„Schade", meint Yuma, „dann bis später."

„Ja, bis später", sagt Linnea und geht die Treppe hinauf. Wir setzen uns Richtung Tennisplatz in Bewegung und als wir uns ein Stück entfernt haben, flüstert Yuma mir zu: „Nachhilfe? Hah! Das ist aber eine verdammt hübsche Nachhilfelehrerin."

„Ja, ich weiß", erwidere ich, lege meinen Arm um seine gewaltigen Schultern und ziehe ihn ein Stückchen zu mir heran, „aber nichts für dich, mein Freund, sonst kommen wir uns in Gehege."

Yuma bleibt stehen und schaut mich ernst an. Ich lasse meinen Arm sinken. „Was?"

„Hast du dir das Mädchen mal angeschaut, Fin?"

„O ja, das tue ich unentwegt, stell dir vor und meine Augen sind immer wieder hoch erfreut über ihren Anblick."

„Ich meine richtig angeschaut. In die Augen geschaut?"

Ich sacke ein Stück in mich zusammen. „Was soll das Yuma? Was willst du mir sagen? Spuck es einfach aus."

„Sie ist nicht so wie die Mädchen aus Hansons Party Clique. Sie zerbricht daran, wenn du sie so behandelst."

„Wie kommst du darauf, dass ich Linnea behandeln könnte wie eins von diesen Girls?"

Yuma antwortet mir nicht, aber ich kann seine Gedanken erraten. Ich sehe, wie tief er atmet, seine Brustmuskeln heben und senken sich. Er beißt die Zähne zusammen und seine Gesichtszüge wirken mit einem Mal steinhart. Entschlossen. Bärenstark. Seine schwarze Haut glänzt wie Ebenholz in der Sonne. Und soeben wird mir klar, wie sehr ich ihn bewundere. Seinen Mut, mich sofort darauf anzusprechen, seine stolze Haltung, seine Aufrichtigkeit, seine Werte, die er lebt. Jeden Tag, jede Minute, steht er für seine Überzeugung ein. Seine Loyalität, dass er trotzdem mein Freund geblieben ist, obwohl ich weiß, dass er die Jungs von der Napa High nicht gerade schätzt, besser gesagt, verachtet er sie. Deshalb nicke ich nach einer Weile. „Das wird nicht geschehen, Yuma, niemals, das verspreche ich dir", ich strecke ihm meine Hand entgegen.

„Sicher?", hinterfragt er mein Versprechen skeptisch.

Ich nicke. „Ganz sicher."

„Gut", sagt er, ergreift meine Hand und schaut mir drohend in die Augen, „denn sollte mir jemals etwas anderes zu Ohren kommen, werde ich dir höchstpersönlich jeden Knochen brechen, den du in deinem jämmerlichen Leib trägst. Sieh dich nur an, du gehst wie ein Storch, haben sie deine Gliedmaßen in Finnland schockgefrostet oder was? Los beweg dich mal!"

Er rempelt mich an, lacht sein einzigartiges Lachen und sprintet geschmeidig auf den Tennisplatz.

Nachdem mich Yuma gnadenlos mit 6:2 / 6:0 vom Platz gefegt hat, gehen wir duschen und setzen uns dann auf die Terrasse. Ich habe uns gleich zwei Flaschen Wasser besorgt, denn bei dieser Hitze muss man viel trinken. Gerade will ich ihn fragen, wie es seinen Eltern und Geschwistern geht und was er sonst so treibt, da kommt Sari angestürmt: „Yuma! Yuma ist da! Hurra!" Sie hopst auf seinen Schoß.

„Na, Zuckerpüppchen, alles klar bei dir?"

„Logisch. Und bei dir?"

„Bei mir auch", grinst er sie an und kitzelt sie.

„Ich muss Linnea holen, du musst sie unbedingt kennenlernen. Sie hilft Finley mit dem Schulkram und so. Sie ist sehr traurig, weil ihr Vater krank ist, aber Linny ist total nett und sie hat sooo schöne Haare, wie eine Prinzessin."

„Yuma hat Linnea schon kennengelernt", will ich ihr gerade erklären, aber das hört sie nicht mehr, weil sie bereits unterwegs ist, um Linnea zu suchen.

Kapitel 15

Liam vor

Linnea

Alle sind aufgeregt, weil heute Liams Football Spiel ansteht. Die ganze Familie versammelt sich gerade zu einem ausgiebigen Brunch auf der Terrasse vor dem Pool. In Kalifornien scheint einfach immer gutes Wetter zu sein. Gracia fährt Speisen auf wie für eine Feier. Die Gespräche drehen sich um die vergangenen Spiele, zu denen ich nichts sagen kann, deshalb höre ich nur gespannt zu. Nach einer Weile lässt Sari verlauten: „Wenn ich einmal auf die High-School gehe, werde ich Cheerleader."

„Nein! Niemals! Vergiss es!", rufen Herr Tervo, Frau Tervo und Finley fast gleichzeitig aus.

„Aber warum nicht", mosert Sari, schiebt trotzig ihre Unterlippe vor und verschränkt ihre Arme vor der Brust.

„Niemals wird meine Tochter halb nackt diese lächerlichen Pompons schwingen!", verkündet Frau Tervo laut und eindringlich. „Nur über meine Leiche!"

„Mom hat recht", sagt Herr Tervo, „das ist wirklich nichts für dich, Süße."

„Bist du Cheerleader, Linny?", richtet sich Sari jetzt an mich.

„Nein, Sari, das ist bei uns in Finnland gar nicht so populär."

„Sehr vernünftiges Volk, diese Finnen", wirft Frau Tervo ein.

„Und selbst wenn, Linnea würde das niemals machen", meint Finley seinen Senf dazu geben zu müssen.

„Linny ist alt genug, sie kann das selbst entscheiden", zickt Sari ihren Bruder an.

Da hat sie recht, die kleine Maus. „Ja, stimmt, das kann ich", sage ich deshalb an Sari gewandt. „Aber was dein Bruder sagt ist wahr, ich würde es nicht machen. Ich habe es schon im Fernsehen gesehen und ich möchte mich vor fremden Menschen nicht so ...", ich suche nach dem richtigen Wort, „präsentieren", beende ich meinen Satz.

„Das sind aber doch immer hübsche Mädchen die das machen."

„Das schon, aber ihre Bekleidung ist sehr freizügig."

„Was ist freizügig?", sie schaut mich mit großen Augen an.

„Sie sind nicht angemessen gekleidet für einen öffentlichen Auftritt", springt mir Herr Tervo zur Seite. „Und jetzt hör auf Linnea zu löchern und iss dein Rührei auf, bevor es kalt wird."

Beleidigt stochert Sari in ihrem Teller herum.

Finleys Geschwister und sein Vater haben sich bereits vom Frühstückstisch zurückgezogen, als Frau Tervo mich plötzlich anspricht: „Linnea, wie geht es deinem Vater?"

Ich muss ehrlich zugeben, dass ich etwas Angst vor ihr habe. Mit ihrer energischen, aufbrausenden Art komme ich einfach nicht so recht klar.

„Besser, danke. Er kann bald die Reha für sechs Wochen antreten."

Frau Tervo nickt. „Sehr vernünftig. Und läuft die Planung für eure neue Wohnung? Wann könnt ihr umziehen?"

Ich schüttele den Kopf: „Das wird noch dauern. Finleys Tante meint, dass es bis zu einem halben Jahr dauern kann, bis alle Anträge bearbeitet werden."

„Ein halbes Jahr?", sagt Finley entsetzt, „aber das bedeutet ja auch, dass bis dahin schon ein halbes Jahr vom neuen Schuljahr vergangen ist. Du brauchst doch einen Platz, wo du vernünftig lernen kannst."

Ich hebe gerade noch meine Schultern, als Frau Tervo aufsteht und laut durch das Haus ruft: „Lauri! Komm mal hier her!"

Finley und ich zucken zusammen, so sehr sind wir erschrocken. Er hat mir schon erzählt, wie bemerkenswert er die Fähigkeit seines Vaters findet, absolut ruhig und gelassen mit dem sprühenden Temperament seiner Frau umzugehen. Es dauert gefühlt keine zehn Sekunden, bis Herr Tervo auf der Terrasse erscheint und seine Frau anstrahlt, die sich mittlerweile wieder zu uns gesetzt hat.

„Ja, mein Schatz, was gibt es denn?" Er klingt leicht belustigt.

„Sag mal, wie weit sind eigentlich die Renovierungsarbeiten an Grannys altem Haus vorangeschritten?"

„Ach, das zieht sich", sagt Herr Tervo und reibt sich den Nacken. Diese Geste habe ich bei Finley auch schon beobachtet.

„Sofort alles stoppen!" Frau Tervo springt auf und bewegt sich auf ihren Mann zu. „Ruf Kimi an, er soll alles behindertengerecht umplanen. Bad, breitere Türen, Treppenlift und so. Soviel ich weiß, gibt es auch Zuschüsse für solche Maßnahmen. Frag dich mal durch. Ah, am besten rufe ich Mirja an, die kann das in Erfahrung bringen und mach den Bauarbeitern ordentlich Druck, in spätestens vier Wochen muss alles fertig sein."

„Pe, erstens ist heute Samstag, da erreiche ich niemanden und zweitens wird das nicht zu schaffen sein."

„Ich will das aber so! Dann sollen sie eben auch am Wochenende und in der Nacht arbeiten."

„Aber Pe! Das sind auch nur Menschen."

„Heuer zwei Bautrupps an und biete ihnen eine fette Prämie, wenn ..."

Mehr hören wir nicht mehr, dann ist das Ehepaar im Haus verschwunden, vermutlich in Richtung des Büros.

Verständnislos starre ich Finley an. „Was hat deine Mutter vor? Sollen wir etwa in dieses Haus einziehen? Wir können doch niemals die Miete für ein ganzes Haus aufbringen!"

„Keine Ahnung, was Mom nun schon wieder im Sinn hat, aber mach dir keine Sorgen, Moms Ideen sind meist etwas merkwürdig, aber zu 99 % richtig gut durchdacht, um nicht zu sagen genial", grinst Finley mich an und zwinkert mir verschwörerisch zu.

Was soll ich davon nun wieder halten? Wie kann man innerhalb einer Sekunde einen gut durchdachten Plan entwickeln? In dieser Familie ist Langeweile wirklich ein Fremdwort. Meine Güte!

*

Wir fahren schon zeitig los, weil Liam vor dem Spiel noch zum Aufwärmtraining muss. Trotzdem sind die Ränge schon gut gefüllt, als wir uns einen Platz auf der Tribüne suchen. Herr und Frau Tervo werden von etlichen Leuten begrüßt und Finley trifft auf alte Schulkollegen. Bevor das Spiel losgeht, heizen die Cheerleader die Zuschauer an. Ich kann jetzt noch besser verstehen, dass die Tervos nicht wollen, dass Sari einmal eine von ihnen wird. Es wird gepfiffen und gegrölt und die Jungs hinter uns machen zweideutige Bemerkungen. Finley schaut mich besorgt von der Seite an, aber ich lächele ihm zu. Als danach die Mannschaften das Spielfeld betreten, wird es noch lauter und während dem ganzen Spiel herrscht ein Höllenlärm. Die Zuschauer rufen und kreischen, es wird geklatscht, ausgebuht und gepfiffen. Gott sei Dank gewinnt Liams Team und alle sind glücklich.

Kapitel 16

Party

🍸

Linnea

Heute Abend sind wir zu einer Party bei Zac eingeladen. Er ist ein Freund von Finley. Ich spüre, dass Finleys Eltern nicht davon begeistert sind, aber scheinbar wollen sie es auch nicht verbieten.

Finley hat sich ganz in schwarz gekleidet und ich weiß ehrlich gesagt gar nicht, was ich anziehen soll, entscheide mich aber notgedrungen für einen blauen weiten Rock und ein weißes T-Shirt, dazu trage ich meine blauen Ballerinas. Finley spürt meine Unsicherheit und erklärt mir auf der Hinfahrt bestimmt dreimal, dass wir wieder gehen können, wenn es mir nicht gefallen sollte.

„Sind deine Freunde so abscheulich, dass du befürchtest, es könnte mir nicht gefallen?", frage ich ihn.

„Ich weiß nicht, wie ich dir das erklären soll, Linnea." Er schnauft tief. „Sie sind eben ganz anders als die Leute in deiner Schule. Sie kennen von klein auf keinen anderen Lebensstil. Sie genießen ihr Leben in vollen Zügen, probieren alles Mögliche aus."

„Du meinst auch Drogen und so?"

„Ja."

„Hast du auch schon welche genommen?" Ich habe fast ein bisschen Angst vor seiner Antwort.

„Ja, habe ich, deshalb wurde ich ja ins Exil nach Finnland geschickt." Er versucht ein Lächeln, aber es fällt recht schief aus.

„Du hast aber nicht vor, heute Abend welche zu nehmen oder dich zu betrinken, oder so was in der Art?"

„Nein, keine Sorge, ich rühre das Zeug nicht mehr an."

Ich bin ehrlich erleichtert. „Wird Yuma auch da sein?"

„Nein, er geht auf eine andere Schule und gehört nicht zu diesem Freundeskreis", erklärt mir Finley.

„Schade, ich finde ihn sehr nett und er scheint ein ehrlicher Kerl zu sein."

„Ja, das ist er, absolut. Er würde für mich durchs Feuer gehen und ich für ihn."

„Was hoffentlich niemals nötig sein wird. Aber jetzt lass uns mal sehen, was das Leben noch so bereithält", versuche ich einen Scherz.

„Sei vorsichtig, ja? Ziehe nicht an einer Zigarette, wenn dir jemand eine hinhält oder so. Okay?"

„Ja, okay", sage ich, obwohl mir seine vielen Warnungen schon etwas Angst machen.

Finley steuert den Wagen auf ein hohes schmiedeeisernes Tor zu, welches von zwei Sicherheitskräften bewacht wird. Er lässt sein Seitenfenster heruntergleiten und zückt eine Karte, die er dem Mann in Uniform reicht. Dieser wirft einen kritischen Blick darauf und steckt sie in ein Lesegerät. Danach gibt er Finley die Karte zurück und das Tor beginnt sich langsam zu öffnen. Der Kies knirscht unter den Autoreifen, als wir langsam auf einen Parkplatz rollen. Nachdem wir uns über ein parkähnliches Grundstück zum Haus durchgekämpft haben, verschlägt es mir die Sprache. Wobei *Haus* die absolut falsche Bezeichnung ist. Ein solch pompöses Anwesen habe ich noch nie gesehen. Eine dreistöckige, riesige weiße Villa, die von unzähligen Strahlern erleuchtet wird. Vom Garten aus kann man schon das Wummern der Bässe hören. Finley ist stehen geblieben und lässt mir Zeit, alles zu bestaunen. Er hat vorsichtig nach meiner Hand getastet und streicht jetzt leicht über meine Finger. Es ist ein schönes und zugleich aufregendes Gefühl, wenn er mich berührt. Das ist jetzt schon öfter vorgekommen und ich mag es, seine Wärme zu spüren. Ich verschränke meine Finger mit seinen und schaue ihn an.

„Und? Was meinst du? Wollen wir es wagen?"

Ich nicke. „Ja, stürzen wir uns ins Getümmel."

Erst nachdem wir weiteres Wachpersonal passiert haben, gelangen wir ins Innere der Villa. Erneut kann ich meinen Augen nicht trauen. Wir stehen in einer großen Empfangshalle mit einem atemberaubenden Kronleuchter. Es wimmelt vor Menschen in den tollsten Kleidern. Obwohl ich noch nie Kleider mit so wenig Stoff gesehen habe. Am liebsten möchte ich auf dem Absatz kehrtmachen, aber Finley lässt meine Hand nicht los und bahnt sich einen Weg zu einem riesigen Saal. Hier ist die Musik am lautesten und die

Gäste tanzen ausgelassen. Dann hat Finley den Gastgeber entdeckt und stellt mir Zac vor. Ein braun gebrannter, wahnsinnig hübscher junger Mann mit dunklem Haar und dunklen Augen, die mich von oben bis unten mustern. „Hi, ich bin Zac", sagt er und begrüßt mich mit Küsschen rechts, Küsschen links. Ein leichter Alkoholgeruch steigt mir in die Nase. Dann schlägt er Finley auf den Rücken. „Greg Junior! Alter Junge, ich dachte schon, sie hätten dich in Finnland eingefroren. Gut, dass du wieder da bist. Du hast viel versäumt, komm, ich bringe dich mal auf den neuesten Stand." Er legt seinen Arm um Finleys Schultern und redet auf ihn ein, während sie sich ein Stück entfernen. Ein wunderschönes Mädchen tritt kurz darauf an meine Seite.

„Hi, ich bin Skye, bist du mit Finley gekommen?"

„Ja." Immer mehr Leute kommen auf mich zu und stellen sich vor. Jemand fragt was ich trinken möchte und ich bestelle eine Cola.

„Es fängt gleich ein tolles Spiel im Billardzimmer an, los komm mit", sagt ein anderes Mädchen und hakt sich bei mir unter.

„Aber Finley, ich möchte ihm Bescheid sagen, wo ich hingehe", werfe ich ein.

„Ach, hier geht doch keiner verloren. Der findet dich schon."

*

Finley

Zac lässt mich nicht zu Wort kommen und redet ohne Punkt und Komma auf mich ein. Irgendwann unterbreche ich ihn etwas unsanft. „Zac, jetzt hol erst mal Luft", stoppe ich ihn, „ich muss doch nicht innerhalb von zehn Minuten erfahren, was ich in den letzten Monaten alles verpasst habe. Ich werde mich jetzt um Linnea kümmern, okay? Wir sehen uns später noch." Ich klopfe ihm auf die Schulter und drehe mich um, aber Linnea steht nicht mehr auf dem Fleck, wo ich sie vor ein paar Minuten noch gesehen habe. Verfluchter Mist! Mit einem unguten Gefühl mache ich mich auf die Suche nach ihr. Denk nach, zwinge ich mich ruhig zu bleiben und logisch darüber nachzudenken, wohin sie verschwunden sein könnte. Bestimmt war es ihr hier zu laut und sie ist hinaus in den Garten gegangen. Ich laufe auf die Terrasse und sehe mich um, entdecke sie aber nicht. Es macht keinen Sinn jemanden nach ihr zu fragen, es kennt sie hier ja keiner. Ich gehe zum Eingang und frage die Security, ob ein Mädchen mit weißem Shirt und blauem Rock hinausgegangen ist. Fehlanzeige. Ich ernte nur Kopfschütteln. Mein Herz rast, ich werde panisch, fange an zu schwitzen und reiße mir das Jackett vom Körper. Achtlos schleudere ich es über eine Stuhllehne im Foyer und haste weiter einen Gang entlang zu den Toiletten. Vielleicht ist sie dort? Auf dem Weg dorthin, komme ich an der Bibliothek vorbei. Ein Pärchen knutscht heftig an ein Regal gelehnt. Der Typ hat seine Hand schon unter ihrem Kleid. Puh! Danach kommt das Billardzimmer. Bereits von hier aus kann ich laute Stimmen vernehmen. „Ja, komm schon, mach weiter", ruft jemand. Es folgt ausgelassenes Lachen und Grölen. Ich laufe weiter und bleibe geschockt im Türrahmen stehen. Um den Billardtisch herum haben sich bestimmt 25 Personen versammelt. Auf dem Billardtisch tanzt irgendein Typ, den ich nicht kenne, anzüglich mit einem Mädchen, welches ihr langes blondes Haar wild herumwirft. Schlagartig wird mir schlecht. Linnea hat ihr T-Shirt hochgezogen und zusammengeknotet, ihr Zopf hat sich gelöst und ihre langen

Haare wirbeln herum. Sie tanzt den Kerl an, streicht mit ihren Händen über seine Brust. Sie haben sie unter Drogen gesetzt, schießt es mir durch den Kopf. Wie kann das sein? In so kurzer Zeit? Ich schubse die Leute beiseite und kämpfe mich bis zum Billardtisch vor. „Komm da runter", rufe ich ihr zu, aber sie scheint mich nicht zu hören. „Linnea!", brülle ich gegen die wummernden Bässe an. Sie reagiert überhaupt nicht. Skye packt mich am Arm: „Hey, Greg, schön, dass du wieder da bist", sie schaut mich verrucht und verheißungsvoll an.

„Skye, warst du das? Hast du Linnea irgendetwas eingeflößt?"

„Greg hat sich eine kleine Schlampe aus Finnland mitgebracht", ertönt eine Stimme hinter mir, die ich nicht eindeutig zuordnen kann. Ich will mich schon umdrehen und den Mistkerl vermöbeln, aber ich kann mich zügeln, denn das ist jetzt unwichtig. Ich klettere auf diesen beschissenen Billardtisch, schnappe mir Linnea und stelle sie vorsichtig unten ab, bevor ich selbst wieder hinunterspringe. Ohne ihre Reaktion abzuwarten, nehme ich sie hoch und trage sie hinaus. Zuerst versucht sie sich ein bisschen zu wehren und windet sich, doch schnell hängt ihr Körper schlaff in meinen Armen. In dem langen Gang treffe ich auf Ed. „Greg, hey, was ist passiert?"

„Hilf mir, Ed", sage ich nur und haste weiter. Ed bahnt mir den Weg frei. „Wo willst du hin?", ruft er mir zu. „Zum Parkplatz."

„Okay, dann am besten über die Terrasse."

Wir eilen hinaus, durchqueren den Garten und steuern bereits auf den Parkplatz zu. „Scheiße!", rufe ich frustriert, „mein Autoschlüssel ist in meinem Sakko."

„Wo ist es denn?"

„Ich habe es im Empfangsbereich ausgezogen und über einen Stuhl geworfen."

„Schwarz?", fragt Ed nur. Ich nicke.

„Ich hole es."

Ich sehe, wie Ed den Weg zurück rennt. Verfluchte Scheiße, hoffentlich hat es da niemand weggenommen. Langsam werden mir die Arme lahm. Ich muss Linnea kurz absetzen. Vorsichtig stelle ich sie auf die Füße, aber ihre Knie sacken sofort ein. „Linnea! Linnea!", rufe ich verzweifelt und schüttele sie leicht. Endlich gibt sie ein Knurren von sich. „Bitte, Linnea, bitte mach deine Augen auf."

„Hmmm", macht sie nur. Ich umfasse sie fest an der Taille, lehne sie an mich und schaue gebannt den Weg zurück, ob ich Ed schon entdecken kann. Er muss wirklich einen beeindruckenden Sprint hingelegt haben, denn es dauert nur wenige Minuten, bis ich seinen blonden Haarschopf und das weiße Hemd erkennen kann und ja, er schwenkt etwas in der Hand, das sehr nach meinem Sakko aussieht. Gott sei Dank! Er hat es gefunden. Völlig außer Atem kommt er bei uns an und stützt seine Arme auf die Knie.

„Danke, Ed, du hast was gut bei mir", sage ich und würde ihm gerne auf die Schulter klopfen, aber dazu müsste ich Linnea loslassen.

„Wo steht dein Auto?", fragt er stattdessen.

„Es ist nicht mehr weit", sage ich und deute die Richtung an.

„Soll ich sie nehmen?"

„Nein, ich mach das schon." Ich hebe Linnea wieder auf meine Arme und wir gehen gemeinsam zu meinem Auto. Ed öffnet mir die Tür, sodass ich Linnea vorsichtig hineinsetzen kann.

„Ich kann mitfahren, wenn du willst", bietet er seine Hilfe an.

„Danke dir, aber jetzt schaffe ich es schon", ich umarme ihn. „Ich melde mich die Tage bei dir."

„Okay, fahr langsam."

Auf der Heimfahrt überlege ich fieberhaft, wie ich Linnea unbemerkt ins Haus schaffen kann. Am besten fahre ich zum Hintereingang und schleiche mich durch die Küche. Hoffentlich sind alle schon im Bett.

Auf unserem Grundstück angekommen, schalte ich die Scheinwerfer aus und rolle so leise wie möglich vor den Hintereingang. Zuerst schließe ich die Tür auf und öffne sie weit, bevor ich Linnea aus dem Auto hebe. Mit meinem Hintern drücke ich die Autotür leise ins Schloss und gehe durch die Küche die Treppe hinauf. Kaum oben auf unserem Flur angekommen, öffnet sich Saris Tür einen Spalt breit. Das darf doch wohl nicht wahr sein! Wann schläft dieses Kind eigentlich mal? Und da sehe ich auch schon ihre Locken herausblitzen.

„Sari, geh in dein Bett", wispere ich.

„Wo kommt ihr her? Was ist mit Linny?" Barfuß und nur mit ihrem Nachthemd bekleidet, kommt sie auf den Flur getapst. „Ist sie krank? Ist Linny krank?" Ihre Stimme wird immer höher und piepsiger.

„Nein. Ja." Liebe Güte, wie soll ich ihr das erklären? Aber wenn sie schon mal da ist.

„Mach Linnys Tür auf", flüstere ich, „aber sei leise."

Sie schleicht vor uns her und öffnet die Tür. Ich gehe schnell hinein und lege Linnea auf ihr Bett.

Sari kommt näher und nimmt Linnea in Augenschein. „Was hat sie denn? Warum sagt sie nichts? Linny, sag doch was." Sari rüttelt an Linneas Arm. Ihre großen runden Augen füllen sich bereits mit Tränen. Sanft ziehe ich sie von Linnea weg.

„Linny schläft, lass sie jetzt in Ruhe. Morgen geht es ihr wieder gut, das verspreche ich dir", sage ich zur Beruhigung, obwohl ich mir natürlich große Sorgen mache. „Und du gehst jetzt sofort zurück in dein Bett."

„Aber ich will helfen! Kann man ihr nicht helfen? Tu doch was, Finley!" Sari streckt noch einmal ihre Hand nach Linnea aus. Oh Mann, dass sie Zirkus macht, kann ich jetzt gerade noch gebrauchen.

„Ich helfe ihr, Schätzchen. Ich bleibe bei ihr und passe auf sie auf. Mach dir keine Sorgen."

„Was? Aber du darfst nicht über Nacht bei ihr im Zimmer bleiben!"

„Doch ausnahmsweise darf ich das mal. Und verpetze uns nicht bei Mom und Dad. Okay?"

„Mach ich doch nicht", grinst sie und hebt ihre Arme, weil sie gedrückt werden will. Ich gehe in die Hocke, umarme sie und drücke ihr einen Kuss auf die Stirn. „Danke, Schwesterchen. Und jetzt ab mit dir ins Bett." Danach schleicht sie auf Zehenspitzen zurück in ihr Zimmer. Puh! Das wäre geschafft.

Ich gehe ins Badezimmer und feuchte ein kleines Handtuch an, das ich Linnea behutsam auf die Stirn lege, nachdem ich ihre Haarsträhnen aus dem Gesicht gestrichen habe. Dann schleiche ich hinunter in die Küche, um eine Flasche Wasser zu holen und schnappe mir auf dem Rückweg noch einen Eimer aus der Besenkammer, falls sie sich übergeben muss. Die ganze Nacht hocke ich vor ihrem Bett, den Eimer immer griffbereit, und starre sie an. Wie können Menschen nur so gemein sein? Warum hat ihr jemand irgendein Pulver ins Getränk gemischt oder ihr eine Pille untergejubelt? Niemand dort hat sie gekannt. Sie war eine Fremde für alle. Empfängt man so Gäste? Aber letztlich ist das alles meine Schuld. Ich hätte sie niemals mitnehmen dürfen. Mir hätte klar sein müssen, dass das kein geeigneter Ort für sie ist.

Als es draußen dämmert, setze ich mich zu ihr auf die Bettkante. Sie sollte jetzt langsam mal aufwachen. Vorsichtig lege ich meine Hand an ihre Wange und streichele sie leicht mit meinem Daumen. Sie ist so schön. So unschuldig schön. „Linnea", flüstere ich, „bitte wach auf." Nichts. Ich gehe ins Badezimmer, um das Tuch noch einmal unter kaltes Wasser zu halten. Damit fahre ich ihr behutsam über das Gesicht und die Arme. „Linnea!", versuche ich es noch einmal und rüttele sie leicht an der Schulter. „Hmmm", macht sie. Gott sei Dank, wenigstens eine kleine Reaktion.

„Mach deine Augen auf, komm schon", fordere ich sie auf.

„Hmmm?"

„Mach deine Augen auf, Linnea, jetzt, bitte, mach sie auf."

Es dauert noch ein paar Sekunden, doch ich sehe wie ihre Lider zucken. Noch einmal wische ich ihr mit dem kalten Tuch übers Gesicht, was sie mit einer gerümpften Nase kommentiert. Und dann macht sie tatsächlich ihre Augen auf, mühsam zwar, aber ich habe das Gefühl, dass sie endlich zu sich kommt. Sie fasst sich mit der Hand an die Stirn und dreht sich auf die Seite.

„Mir ist so schwindelig."

„Ist dir schlecht?"

„Ja, ich muss ins Bad."

Ich helfe ihr auf und begleite sie ins Badezimmer. Sie schafft es gerade noch den Toilettendeckel zu öffnen, bevor sie sich übergeben muss. Ich halte ihr Haar zurück und versuche sie gleichzeitig festzuhalten. Sie würgt noch ein, zwei Mal, aber es kommt nichts mehr heraus. Auf mich gestützt bringe ich sie zum Waschbecken, damit sie sich den Mund ausspülen und ihr Gesicht abwaschen kann. Sie greift nach einem Handtuch und trocknet ihr Gesicht ab. „Oh Gott, ist mir das peinlich. Bitte, Finley, lass mich alleine."

„Auf gar keinen Fall", sage ich ernst und bringe sie zurück zu ihrem Bett. Ich gieße ihr ein Glas Wasser ein und reiche es ihr. „Hier, du musst versuchen viel zu trinken, damit der Mist ausgeschwemmt wird."

„Was?"

„Irgendjemand hat dir gestern Abend etwas gegeben. Hast du Alkohol getrunken?"

„Nein, nur eine Cola."

„Dann hat dir jemand Tropfen oder was auch immer hineingeschüttet."

„Ach du lieber Gott!", sie schlägt sich die Hand vor den Mund. „Habe ich etwas Schlimmes angestellt? Sag es mir, Finley, bitte!"

„Das ist alles meine Schuld. Ich hätte dich niemals da hinbringen dürfen. Ich hätte es wissen müssen."

„Was habe ich gemacht?", bohrt sie nach.

„Nichts Schlimmes. Du hast nur auf einem Tisch getanzt."

„Ich habe was getan?" Zuerst schreckt sie auf, sackt aber im nächsten Moment in sich zusammen. „Wie peinlich! Ich könnte im Erdboden versinken."

„Ruh dich jetzt erst mal aus. Ich gehe duschen und entschuldige dich dann beim Frühstück. Ich sage einfach, dass du Migräne hast. Ist das okay?"

„Ja, klar", stimmt sie zu und kuschelt sich ohne Widerrede in ihr Bett.

* * *

Kapitel 17

Nachspiel

Linnea

Es klopft leise an meiner Tür. „Herein", sage ich immer noch wie in Trance. Gracia streckt ihren Kopf herein.

„Ich bringe Ihnen ein leichtes Frühstück, Miss."

„Oh, danke, aber ich hätte auch hinunterkommen können." Ich setze mich vorsichtig in meinem Bett auf und bemerke dabei, dass ich immer noch das weiße T-Shirt von gestern anhabe.

Gracia stellt das Tablett auf dem Nachttisch ab. „Ich habe Ihnen einen guten Kamillentee aufgebrüht, das beruhigt den Magen. Und etwas Zwieback ist auch dabei."

„Danke, Gracia, vielen Dank."

„Nichts zu danken, Miss. Hoffentlich geht es Ihnen bald wieder besser. Und wenn Sie noch etwas brauchen, rufen Sie mich."

„Okay", sage ich und lächele sie dankbar an.

Zuerst nehme ich einige vorsichtige Schlucke von dem Tee und als dieser nicht gleich wieder herauskommt, sondern mir richtig guttut, knabbere ich auch etwas von dem Zwieback.

Nach einer Weile höre ich Stimmen vor meiner Tür. „Komm da weg, Sari", sagt jemand, ich glaube, es ist Liam. „Linnea ist krank und sie will ihre Ruhe haben."

„Aber ich will nach Linny sehen."

„Jetzt nicht. Komm da weg." Sari sagt noch etwas, aber ich verstehe es nicht mehr. Bestimmt hat er sie die Treppe hinunter gescheucht. Kurz darauf klopft es erneut. Ich vermute, dass Sari ihre Familie überlistet hat, aber es ist Frau Tervos Stimme: „Hier ist Penelope. Darf ich reinkommen?"

„Ja, natürlich", rufe ich so laut wie möglich.

„Hallo, Linnea. Na, wie geht es dir?"

„Schon viel besser, danke. Der Tee hat mir richtig gutgetan."

„Dann lasse ich dir gleich noch eine Kanne bringen", sagt sie und verschwindet kurz, scheinbar um Gracia die Anweisung zu geben. Als sie wieder ins Zimmer kommt, setzt sie sich zu mir aufs Bett und schaut mich besorgt an.

„Finley sagt, du hast Migräne?"

„Ja, ich habe furchtbare Kopfschmerzen und mir ist immer noch flau im Magen."

Ich muss vorsichtig mit dem sein, was ich sage, weil ich nicht weiß, was Finley alles erzählt hat. „Brauchst du wirklich keinen Arzt? Hast du auch kein Fieber? Lass mich mal fühlen."

Für ein paar Sekunden legt sie ihre kleine kühle Hand auf meine Stirn. „Nein, Fieber hast du keins. Vielleicht hast du auch gestern beim Football zu viel Sonne abbekommen und einen kleinen Sonnenstich?"

„Kann auch sein", sage ich erleichtert über diese Möglichkeit und zucke mit den Schultern.

„Dann ruh dich heute mal aus und wenn du etwas brauchst oder wenn du dich schlechter fühlst, sagst du uns Bescheid, ja?"

„Das mache ich. Danke!"

Jetzt kommt Sari mit der Teekanne durch die Tür. Frau Tervo nimmt sie ihr ab und die Kleine nutzt die Chance, um auf mein Bett zu hüpfen und ihre Arme um meinen Hals zu schlingen.

„Linny! Du musst ganz schnell wieder gesund werden."

„Das mache ich, Schätzchen", sage ich und drücke sie leicht, „mir geht es schon viel besser."

„Los, raus jetzt, Sari", befiehlt Frau Tervo, „Linnea braucht ihre Ruhe."

Und ich glaube, Frau Tervo hat recht. Ich trinke brav meinen Tee, knabbere immer mal wieder an meinem Zwieback und schlafe viel. Wenn ich nicht schlafe, lasse ich einfach meine Augen zu und denke nach. Was ich in den letzten Tagen erlebt habe, war vermutlich einfach zu viel für mich. Die lange Reise, die Zeitumstellung, die vielen neuen Eindrücke, die turbulente Familie, all das bin ich nicht gewohnt. Ich brauche einfach eine kleine Auszeit. Gegen siebzehn Uhr kommt Gracia noch einmal in mein Zimmer.

„Wie geht es Ihnen, Miss?"

„Viel besser. Danke, Gracia."

„Möchten Sie etwas essen? Soll ich Ihnen etwas zubereiten?"

„Ja, ich weiß nicht, ein bisschen Hunger hätte ich schon."

„Ah! Das ist ein gutes Zeichen", strahlt sie mich an, „und ich weiß auch schon etwas. Ich mache Ihnen eine wunderbare leichte Suppe. Die wird Ihnen schmecken und guttun."

„Vielen Dank, Gracia, das klingt wunderbar. Ich werde gleich runter in die Küche kommen, dann müssen Sie mir das Essen nicht nach oben bringen."

„Wie Sie wünschen, Miss."

Als Gracia gegangen ist, stehe ich auf, gehe unter die Dusche und wasche mein Haar. Nachdem ich mir frische Kleidung angezogen habe, fühle ich mich wieder richtig gut. Allerdings würde ich meine Bettwäsche gerne noch wechseln. Ich ziehe kurzerhand Kissen und Decke ab, entferne das Laken und suche im Schrank nach einem frischen Bezug. Zufrieden und etwas hungrig mache ich mich eine halbe Stunde später auf den Weg in die Küche, aus der mir bereits ein himmlischer Geruch entgegenschlägt.

„Oh, Miss, Sie sind schon da. Die Suppe braucht aber noch ein bisschen."

„Das macht nichts. Wo sind die anderen denn alle?"

„Herr und Frau Tervo spielen Tennis mit den zwei kleinen Jungs. Sari ist bei einer Freundin und Finley liegt draußen auf der Terrasse."

„Dann gehe ich auch mal hinaus."

Finley hat es sich auf einer Liege bequem gemacht und hört Musik über die Stöpsel in seinen Ohren. Seine Augen sind geschlossen und er ist nur mit einer Badeshorts bekleidet. Er ist inzwischen wieder gut gebräunt. Der Anblick seiner nackten Haut macht mich schlagartig nervös und mein Herz beginnt schneller zu schlagen. Ein leichter Schwindel überkommt mich. Ich sollte besser wieder hineingehen, rät mir mein Verstand, aber ich bleibe wie angewurzelt stehen. Vermutlich hat er die ganze Nacht an meinem Bett gewacht und ist hundemüde. Ich schaffe es einfach nicht, mich umzudrehen, starre ihn weiter an und frage mich, wie es sich wohl anfühlen würde seine Lippen zu berühren? Sie sehen so weich aus und ganz rosa. Ich will ihn nicht erschrecken, deshalb setze ich mich an den Poolrand und lasse meine Füße ins Wasser baumeln. Es wäre eigentlich mal eine gute Gelegenheit ungestört mit ihm zu sprechen, wenn alle anderen aus dem Haus sind, was ich die ganze Zeit über noch nie erlebt habe. Also nehme ich meinen Mut zusammen, stehe auf und setze mich vorsichtig auf den Rand seines Liegestuhls. Vermutlich habe ich dabei sein Bein mit meinem Po berührt, denn er schlägt sofort die Augen auf, nimmt die Stöpsel aus seinen Ohren und setzt sich auf. „Linnea! Geht es dir schlechter?", fragt er besorgt.

Ich lächele ihn an. Irgendwie ist er süß, wenn er so besorgt ist. „Nein, es geht mir viel besser. Danke. Gracia kocht mir gerade eine Suppe."

„Oh Gott, bin ich froh. Und es ist so schön, dass du lächelst." Er greift nach meiner Hand und drückt sie sanft. Ich habe den Eindruck, dass ihm eine schwere Last von den Schultern fällt.

„Ich hoffe, du bekommst wegen gestern keinen Ärger, Finley. Es war dumm von mir, ich hätte mit dem fremden Mädchen nicht einfach mitgehen sollen."

„Mit dem fremden Mädchen?" Finley rutscht alarmiert ein Stück nach vorn.

„Ja, sie hat sich vorgestellt und dann kamen noch andere dazu und irgendwann meinte eine von ihnen, dass im Billardraum bald ein Spiel beginnen würde, deshalb bin ich mitgegangen."

„Wie hieß das Mädchen?"

„Ich weiß nicht, es fällt mir im Moment nicht ein."

„Würdest du sie wiedererkennen?"

„Auf jeden Fall."

„Dann werden wir herausfinden, wer dafür verantwortlich ist." Jetzt nimmt er auch noch meine andere Hand und sieht mich eindringlich an.

„Ich möchte aber nicht, dass du deshalb Streit mit deinen Freunden bekommst. Schließlich musst du weiterhin mit ihnen zur Schule gehen und ich bin bald wieder weg. Haben sie sich mal bei dir gemeldet?"

„Nein, und ich wäre auch nicht rangegangen", sagt er wütend. „Die können mich mal. Ich will nichts mehr mit ihnen zu tun haben. Diese Idioten!"

„Miss, Ihre Suppe wäre dann fertig", ruft Gracia zu uns heraus.

„Ich komme", antworte ich ihr und stehe auf.

„Suppe? Ich will auch Suppe", sagt Finley und kommt mit in die Küche. Gracia füllt uns zwei Teller und verschwindet dann diskret. Während wir essen und uns weiter über den gestrigen Abend unterhalten, kommen Finleys Eltern und seine zwei Brüder zurück. Die Jungs stürzen sich auch gleich auf die Suppe, aber Herr Tervo sagt zu Gracia, die gleich wieder zur Stelle ist: „Für meine Frau und mich brauchen Sie heute kein Abendessen zu richten, wir gehen noch aus."

„Du siehst schon wieder viel besser aus, Linnea", sagt Frau Tervo zu mir, „ist es okay, wenn wir weggehen?"

„Natürlich."

„Sari übernachtet heute bei ihrer Freundin und sie gehen morgen auch gleich zusammen zur Schule, um sie müsst ihr euch also nicht kümmern."

„Ihr könnt ja später noch einen Film ansehen, damit euch nicht langweilig wird", meint Herr Tervo. Als die Jungs ihre Suppe verschlungen haben, verkrümeln sie sich in Glens Zimmer, sie wollen irgendein Computerspiel spielen. Finley und ich gehen ins Wohnzimmer, um einen Film auszusuchen. Mir fällt auf, dass er ständig nervös auf sein Handy schaut.

*

Finley

Da sich Linnea für keinen Film entscheiden kann, zappen wir einfach durch die Kanäle und landen bei einer Dokumentation über Pinguine, die sie gerne sehen möchte. Wir sitzen nebeneinander auf dem Sofa und starren auf den Bildschirm. Ich habe mein Handy neben mich gelegt, um nichts zu verpassen. Ed hat mir vor ein paar Minuten eine Nachricht geschickt, nur drei Worte, die mich nicht mehr beunruhigen könnten: „Es gibt Bilder". Mist! Aber es war zu befürchten, dass irgendwer ein Video macht oder Bilder schießt.

Mein Handy vibriert erneut. Ed hat Bilder geschickt, aber ich wage es nicht, die Datei zu öffnen, und schalte mein Handy kurzerhand aus. Falls Bilder existieren sollten, auf denen Linnea in kompromittierenden Posen zu sehen ist, darf sie die niemals zu Gesicht bekommen. Sie würde sich in Grund und Boden schämen und vermutlich sofort abreisen. Ich beobachte sie verstohlen. Sie ist ganz tief in ihren Sitz gerutscht, hat ihren Kopf an das Polster gelehnt und schaut gespannt den Pinguinbericht an. Obwohl sie sehr aufpasst und sich nie direkt in die Sonne legen würde, hat ihre helle Haut etwas Farbe bekommen und ich finde, das steht ihr ausgezeichnet. Einige winzige Sommersprossen haben sich auf ihren Nasenrücken geschlichen. Bei Gelegenheit werde ich sie zählen und jede einzelne davon küssen. Auch ihre Augen kommen mir nicht mehr ganz so traurig vor wie in Helsinki. Ich mag gar nicht daran denken, wenn ihre Ferien hier vorbei sind. Scheinbar habe ich sie angestarrt, denn plötzlich dreht sie ihren Kopf in meine Richtung. „Ist was?", fragt sie mit einem kleinen Lächeln auf den Lippen. Es dauert den Bruchteil einer Sekunde zu lang, bis ich ihr ertappt antworte. „Äh, nein, wieso?"

„Ich hatte den Eindruck, dass du mich anstarrst."

„Ich habe nur wieder einmal festgestellt, wie hübsch du bist."

„Finley, sag doch so was nicht", wehrt sie ab und wird sofort rot.

„Das ist aber die Wahrheit und was wahr ist, darf man sagen. Den Spruch habe ich übrigens von meiner Mom geklaut", erkläre ich ihr.

„Deine Mom ist ... sie ist so ..."

„Wie ein Tornado, der eine Schneise der Verwüstung hinterlässt", beende ich für sie den Satz.

„Oh nein, das wollte ich nicht sagen, wirklich nicht. Sie ist eine so beeindruckende Persönlichkeit. Eine starke und kluge Frau. Ich bewundere sie sehr."

„So wie du", sage ich leise und drehe mich etwas mehr in ihre Richtung, damit ich sie noch besser anschauen kann.

„Ich? Ganz sicher nicht", sie schüttelt ihren Kopf.

„Doch, Linnea, das bist du. Du bist sogar sehr klug, schließlich wirst du Medizin studieren und ich kenne kein Mädchen, das mehr leistet als du. Du bist unglaublich stark und wunderschön." Ich lehne mich zu ihr hinüber und streiche eine Haarsträhne aus ihrem Gesicht.

„Hör auf damit, Finley, du machst mich ja ganz verlegen."

„Ich werde dich in noch viel größere Verlegenheit bringen", flüstere ich ihr zu. Ich habe meine Hand noch nicht weggenommen und jetzt malen meine Fingerspitzen federleichte Muster auf ihren Hals und Nacken. Mein Puls jagt immer schneller. Sie wirft mir einen Blick zu, leckt sich nervös über ihre Unterlippe, bevor sie eine Seite zwischen ihre Zähne zieht. Das gibt mir den Rest. Ich beuge mich noch weiter zu ihr hinüber, lasse meine Hand auf ihrem Nacken ruhen und lege meine Lippen leicht auf ihre. Zuerst zuckt sie zurück, aber dann öffnet sie leicht ihren Mund. Sie erwidert meinen Kuss und ich wage es, sie etwas intensiver zu küssen und auf einmal ist sie gar nicht mehr so schüchtern und zurückhaltend. Sie legt ihre Hand auf meine Brust und fährt über meine Schulter. Ich ziehe sie in meine Arme und es ist ein unglaubliches Gefühl, sie so nahe an mir zu spüren.

Türenschlagen und Fußgetrappel aus dem ersten Stock lassen uns auseinander schrecken. Meine Brüder kommen angestürmt, holen sich Getränke und Knabberzeug aus der Küche und gesellen sich lautstark zu uns ins Wohnzimmer.

„Äh! Was guckt ihr denn? Zeug über Pinguine? Wie öde."

*

Linnea

Ich bin total durcheinander. Der Kuss war … unglaublich, fantastisch … Wow! Mir ist immer noch ganz heiß und seitdem ist bestimmt schon mehr als eine Stunde vergangen, denn wir mussten mit Liam und Glen ein Football-Spiel ansehen. Ich habe mich jetzt auf mein Zimmer zurückgezogen, doch Finley ist mir bis zur Treppe gefolgt, um mir eine gute Nacht zu wünschen und mir bei dieser Gelegenheit noch einen schnellen Kuss zu geben. Ich fühle mich wie auf Wolken, alles ist so leicht und schön. Als er mich an sich gedrückt hat, war es, als würde etwas in mir explodieren. Es hat mir fast die Luft abgeschnürt, gleichzeitig habe ich mich nie besser gefühlt. Jetzt liege ich schon ewig in meinem Bett und noch immer spüre ich Finleys Lippen auf meinen. Ich weiß wirklich nicht, was in mich gefahren ist. Wie selbstverständlich habe ich seinen Kuss erwidert. Es hat sich so richtig und gut angefühlt. Ich habe nicht darüber nachgedacht, was ich da tue, ich habe es einfach gemacht. Ich fange an zu kichern und ziehe schnell die Bettdecke über meinen Kopf. Irre! Ich bin irre, das ist absurd und wahnsinnig. Mein Herz klopft immer noch wie verrückt und mir ist ziemlich warm. Also stehe ich auf, öffne die Fensterflügel vollständig und setze mich auf die große Truhe, die direkt darunter steht. Es ist eine unsagbar schöne, sternenklare Nacht. Alles hier ist einfach schön. Das riesige Haus, das ganze Anwesen. Ich mag Finleys Geschwister wirklich gerne und seinen Dad auch. Vor Frau Tervo habe ich allerdings noch etwas Angst, oder besser gesagt Respekt. Sie erschreckt mich immer wieder mit ihrer aufbrausenden Art. Auch Gracia habe ich ins Herz geschlossen und sie kocht wirklich göttlich. Meine Hosen schlabbern nicht mehr ganz so doll. Ich glaube, ich habe etwas zugenommen. Und Finley ist in letzter Zeit gar kein Großkotz mehr. Er ist richtig nett. Sehr nett sogar und irgendwie besorgt um mich. Aber … gleich morgen muss ich das klarstellen. Das mit uns kann niemals funktionieren. Wir leben in komplett verschiedene Universen. Ich darf hier nur meine Ferien verbringen. Mehr nicht. Dann muss ich wieder zurück auf unser altes Sofa. Es wird sich nichts ändern, gar nichts. Und ich weiß nach wie vor nicht, wie ich unter diesen Umständen mein Abitur bewerkstelligen soll.

*

Finley

Nachdem Linnea auf ihr Zimmer gegangen ist, wage ich es die Bilddatei von Ed zu öffnen. Zuerst sehe ich ein paar Bilder von der Ankunft der Gäste, vom allgemeinen Getümmel im großen Saal und dann vom Billardzimmer. Mir gefriert das Blut in den Adern! Ein Bild zeigt Linnea nur von hinten auf dem Billardtisch, aber auf dem anderen ist sie deutlich zu erkennen. Sie hat sich mit der Hand das T-Shirt hochgezogen und wirft ihren Kopf in den Nacken. Lieber Gott, lass das nicht wahr sein. Aber es ist wahr, ich sehe es deutlich vor mir.

Ich scheuche meine Brüder ins Bett, schließlich müssen sie morgen wieder zur Schule und wenn Mom und Dad nach Hause kommen und sie noch auf sind, gibt es Ärger. Außerdem will ich in Ruhe mit Ed telefonieren. Sinnloserweise beraten wir uns, wie wir die Bilder aus dem Netz verschwinden lassen können, aber da gibt es wohl keine Chance.

„Kann sich Linnea an irgendetwas erinnern?", will Ed wissen.

„Sie war heute noch nicht so fit, aber morgen werde ich ihr die Bilder zeigen, natürlich nur die von den anderen Gästen, vielleicht erkennt sie jemanden."

„Diese Schweine", murmelt er. Ed raucht ab und an mal einen Joint, das weiß ich, aber er würde niemals jemandem heimlich etwas ins Glas schütten.

Da Linnea und ich Ferien haben, dürfen wir länger ausschlafen. Meine Geschwister sind schon in der Schule und meine Eltern haben sich in die Arbeit gestürzt, als ich gegen 10 Uhr an Linneas Zimmertür klopfe. Keine Antwort, auch nach einem zweiten Versuch nicht. Vielleicht ist sie schon unten. Als ich in die Küche komme, sitzt sie bei Gracia und schneidet Karotten klein. Mein Herz macht einen Satz, schon wenn ich sie nur von weitem sehe.

„Guten Morgen, ihr zwei Hübschen", rufe ich gut gelaunt und drücke Gracia einen Kuss auf die Wange.

„Oh, dieser Bengel", sagt sie und schlägt im Spaß mit ihrem Küchenhandtuch nach mir.

„Guten Morgen", sagt Linnea und wirft mir einen schüchternen Blick zu.

„Guten Morgen", sage ich noch einmal nur zu ihr und da uns Gracia gerade den Rücken zudreht, gebe ich ihr einen schnellen Kuss aufs Haar. Ich hole mir Frühstück aus dem Esszimmer und setze mich zu ihr an den Küchentisch.

„Was wollen wir heute unternehmen?", frage ich sie. Die letzte Woche hatten Mom und Dad mit Aktivitäten und Ausflügen vollgestopft und uns meistens zusammen oder zumindest einer von beiden begleitet, aber diese Woche lassen sie uns alleine. Ist mir ganz recht, denke ich mir und muss grinsen.

„Ich würde mir gerne irgendwo eine kurze Hose und ein luftiges Oberteil kaufen. Bei euch ist es ja wirklich immer heiß."

Du bist auch heiß, hätte ich ihr jetzt gerne gesagt.

„Guter Plan", erwidere ich stattdessen, „dann fahren wir nach meinem Frühstück in die Stadt und zum Mittagessen lade ich dich in mein Lieblingsbistro ein."

Linnea

Es fühlt sich komisch an, alleine mit Finley unterwegs zu sein. Außer an diesem vermaledeiten Samstagabend hatten wir immer Sari mit im Auto. Finley fährt sicher und ruhig, unternimmt keine riskanten Überholmanöver oder so, weshalb ich ganz entspannt auf meinem Platz sitze und mir die Umgebung anschaue.

„Dein Vater hat mir neulich viel von den Reben erzählt, können wir auch mal in die Weinberge fahren? Also ich meine mitten rein?"

„Klar können wir das", sagt Finley und fügt leise hinzu: „Wir können alles tun, was du willst."

Sofort habe ich das Gefühl zu glühen und es kribbelt ganz komisch in meinem Bauch. Er wirft mir einen Seitenblick zu und grinst.

„Konzentrier dich auf die Straße", ermahne ich ihn streng, muss aber auch schmunzeln. Mein Gott, das muss aufhören. Ich muss ihm sagen, dass das aufhören muss, aber wie?

Wir stellen das Auto in einem Parkhaus ab und dann führt mich Finley in eine Einkaufspassage. Da ich nicht wählerisch bin, habe ich schnell eine kurze Hose und ein passendes Oberteil gefunden, was auch in meinem finanziellen Rahmen liegt. Danach bummeln wir noch ein bisschen herum. Betrachten dies und das und machen uns einen Spaß daraus, die anderen Passanten zu beobachten.

Nachdem wir in Finleys Lieblingsbistro einen wirklich leckeren Salat mit gebratenen Hühnchenstreifen gegessen haben, rückt er mit seinem Stuhl neben mich, holt sein Handy aus der Hosentasche und schaltet es ein.

„Sieh mal", er hält mir das Display hin. „Hier sind ein paar Bilder von Zacs Party. Erkennst du da jemanden wieder? Vor allen Dingen das Mädchen, das dich angesprochen hat, interessiert mich."

Ich schaue mir die Bilder ganz genau an. Eins nach dem anderen. „Da, das ist sie. Das Mädchen in dem roten Kleid. Ich bin mir ganz sicher."

„Skye!", brummt Finley mürrisch, „das hätte ich mir denken können. Dieses Miststück!"

„Also das ist das Mädchen, das mich in ein Gespräch verwickelt hat, ich kann nicht behaupten, dass sie mir etwas in die Cola geschüttet hat."

„Ja, ist schon klar", murmelt er.

„Was machen wir denn jetzt?"

„Ich denke, es wird nichts bringen, wenn wir zur Polizei gehen, schließlich können wir nichts beweisen. Also, nicht dass du denkst es wäre mir nicht wichtig, die Person auszumachen die das getan hat, aber die Chancen sind einfach sehr gering und du solltest den Rest deiner Ferien nicht mit Aussagen auf einem Polizeirevier verbringen. Oder siehst du das anders? Möchtest du eine Anzeige gegen Unbekannt machen?"

Ich zucke mit den Schultern, weil ich es wirklich nicht weiß.

„Möchten Sie noch etwas bestellen?" Die geschäftstüchtige Bedienung ist an unseren Tisch getreten.

„Möchtest du noch etwas, Linnea?"

Ich verneine und Finley lässt sich die Rechnung bringen. Danach fahren wir nach Hause.

Als er den Wagen in der Garage geparkt hat, nehme ich allen Mut zusammen. „Warte", sage ich und lege kurz meine Hand auf seinen Arm, „ich muss dir etwas sagen und bitte, unterbrich mich nicht."

Er schaut mich erstaunt an. „Okay."

Mein Herz klopft wie verrückt als ich anfange herumzustottern. „Das mit gestern Abend … Das mit dem Kuss meine ich …" Ich winde mich wie ein Aal und reibe mit meinen feuchten Händen über meine Shorts. „Das geht nicht, Finley." Irgendwie schaffe ich es ihn anzusehen und er grinst. Entweder hat er diese Reaktion von mir erwartet oder er nimmt mich nicht ernst. „Ich meine das ernst", unterstreiche ich deshalb meine Aussage. „Vermutlich stand ich noch unter dem Drogeneinfluss … ich meine, unter normalen Umständen hätte ich das niemals getan."

Finleys Gesichtszüge verändern sich und er wird blass. Ich kann sehen, wie schnell er atmet, ich kann sehen, wie er mit sich kämpft und dann sagt er nur: „Verstehe", steigt aus und schmeißt die Autotür hinter sich zu. Ich bleibe noch ein paar Minuten sitzen. Na, das habe ich ja ganz toll hingekriegt! Natürlich ist er jetzt sauer. Gekränkt? Verletzt? Mit Sicherheit. Oh, Mann! Was ist das zwischen uns? Hat er etwa echte Gefühle für mich? Tia hat mich noch gewarnt, dass einem die Kerle nur an die Wäsche wollen.

Ich bin froh, dass beim Abendessen Finleys Geschwister ohne Ende plappern und danach nimmt mich Sari gleich in Beschlag. Scheinbar hat Finley ihr zugeflüstert, dass ich ein Mathematik Genie sei und jetzt will sie mir unbedingt ihre Hausaufgaben zeigen. Das passt mir gut in den Kram, so kann ich ihm aus dem Weg gehen. Ich habe ein schlechtes Gewissen, mehr noch, ich schäme mich, dass ich ihn angelogen habe.

Erstens habe ich es ihm zu verdanken, dass ich überhaupt hier sein kann. Und zweitens stand ich überhaupt nicht mehr unter Drogeneinfluss. Es war mein freier Wille seinen Kuss zu erwidern. Wenn ich daran denke, wird mir ganz komisch im Bauch. Gut komisch. Verdammter Mist aber auch!

*

Finley

Ja, schon klar, sie stand noch unter Drogeneinfluss. So ein Quatsch! Sie war seit dem Nachmittag auf, hatte etwas gegessen und war bei klarem Verstand, als sie mich geküsst hat. Soll ein Mensch schlau aus ihr werden. Ich pfeffere das Buch, das ich mir als Ablenkung zur Hand genommen hatte, in meine Zimmerecke. Jetzt hängt sie mit Sari über den Matheaufgaben. Ist mir auch recht, ich werde mein Zimmer heute nicht mehr verlassen, wenn sie was will, soll sie zu mir kommen. Eine Entschuldigung wäre wirklich angebracht. Was unterstellt sie mir da eigentlich? Als hätte ich die Situation ausgenutzt! Oh, ich hätte die Situation in der Nacht sehr wohl ausnutzen können, aber das wäre mir im Traum nicht eingefallen. Da hatte ich einfach nur Angst um sie.

*

Linnea

Als ich am nächsten Tag in die Nähe von Frau Tervos Büro komme, höre ich laute Stimmen. Frau Tervo scheint sich über irgendetwas furchtbar aufzuregen.

„Das darf doch wohl nicht wahr sein!", schreit sie, „kaum ist er zurück, baut er schon wieder Mist. Das gibt es doch nicht."

„Ich kann mir das nicht vorstellen", höre ich jetzt Herrn Tervo. „Linnea war doch dabei, sie hätte ihn bestimmt von so einer bescheuerten Aktion abgehalten."

Ich schlucke trocken. Es geht also auch um mich. Ich will nicht lauschen, wirklich nicht, aber die Tür kann nicht geschlossen sein, weil ich jedes Wort deutlich verstehen kann.

„Wenn er so weitermacht", donnert Frau Tervo, „dann kann er mit Linnea gleich wieder zurückfliegen."

Was? Wie bitte? Das hört sich ja so an, als sollte Finley nach den Ferien hierbleiben? Leichte Panik steigt in mir auf, aber ich besinne mich und bleibe ruhig. Natürlich wird er nach den Ferien hierbleiben. Hier ist sein Zuhause. Er hat nie etwas anderes behauptet, bzw. haben wir nie darüber gesprochen. Mein Herz stolpert kurz. Irgendwie gefällt mir der Gedanke überhaupt nicht, alleine zurückfliegen zu müssen. Offensichtlich habe ich mich bereits zu sehr an ihn gewöhnt. Ein Lächeln schleicht sich auf mein Gesicht, aber ich lausche wieder gespannt, als die nächsten Worte durch die Tür dringen.

„Warte es doch erst einmal ab, Pe. Ich rede jetzt mit Finley und dann wird sich alles aufklären."

„Ich komme mit."

„Pe, er wird sich mir eher anvertrauen, wenn ich alleine mit ihm spreche."

„Ha, glaubst du etwa ich bin doof? Du wirst gemeinsame Sache mit ihm machen und mir dann einen Bären aufbinden."

„Pe, bitte! Jetzt übertreibst du aber wirklich."

„Ich komme mit, basta!"

Ich höre ein lautes Stöhnen von Herrn Tervo.

„Du wartest hier und ich hole ihn."

Mit klopfendem Herzen verstecke ich mich schnell hinter dem großen Schrank, damit er mich nicht sieht. Kurz darauf höre ich wieder Schritte. Scheinbar kommt Herr Tervo mit Finley zurück.

„Zacs Vater hat mich angerufen", höre ich jetzt Herrn Tervo sagen. „Er hat mir eine Rechnung für seinen beschädigten Billardtisch angekündigt. Kannst du uns dazu etwas sagen?"

Stille. Finley antwortet nicht. Liebe Güte! Was ist da los? Ich fange an zu schwitzen.

„Finley! Sag uns einfach, was passiert ist", das ist wieder Herr Tervo der da spricht.

„Es wird wohl das beste sein, wenn wir Linnea dazu befragen", das ist Frau Tervo.

„Nein, auf keinen Fall", sagt Finley aufgebracht, „lasst Linnea da raus."

„Finley, du verheimlichst doch irgendetwas. Das sehe ich dir an der Nasenspitze an. Nun spuck es schon aus." Wieder Herr Tervo, der betont ruhig und einfühlsam auf Finley einredet.

Stille, sekundenlang, dann sagt Finley: „Nein, ich werde kein Wort mehr dazu sagen und die

Rechnung für den Billardtisch werde ich von meinem Sparbuch bezahlen. Darf ich jetzt gehen?"

„Wenn du kein Vertrauen zu uns hast, können wir auch keins zu dir haben", donnert Frau Tervo, „Ich werde sofort deine Konten sperren lassen und dir dürfte wohl klar sein, dass du unter diesen Umständen niemals einen Fuß in die Geschäftsleitung von *Ward Vineyard* setzen wirst."

„Was? Das kannst du nicht tun, Mom!"

„Oh doch, das kann ich", brüllt Frau Tervo.

„Und jetzt halten wir alle mal den Ball flach", schaltet sich Herr Tervo wieder ein, spricht nun aber auch lauter gegen die Flüche seiner Frau an.

„Nicht du hast *Ward Vineyard* geerbt, sondern Dad, Mirja, Leevi und Kimi", faucht Finley.

Das ist genug. Ich kann nicht zulassen, dass Finley sich dermaßen mit seinen Eltern streitet, nur wegen dieser vermaledeiten Party. Ich nehme all meinen Mut zusammen, verlasse mein Versteck und betrete das Büro.

„Ich möchte etwas sagen", sage ich so laut wie möglich und ignoriere das Zittern meiner Stimme.

„Linnea!" Finley springt auf, dreht sich zu mir um und schüttelt seinen Kopf. Ungläubig schaut er mich an. Sein Blick ist verzweifelt und … Ich weiß nicht, was ich noch daraus erkennen soll.

„Ja, das finde ich gut", sagt Frau Tervo, „komm nur näher, Linnea, wir hören sehr gerne, was du zu erzählen hast."

Finley schüttelt immer noch seinen Kopf und formt mit seinen Lippen ein Nein!

Ich hole tief Luft und berichte, was am Samstagabend bei Zacs Party passiert ist. „An einen Billardtisch kann ich mich zwar nicht erinnern, was aber nicht ausschließt, dass ich ihn beschädigt haben könnte, während ich unter Einfluss dieses Mittels stand."

Finley lässt sich auf den Stuhl fallen, auf dem er zuvor gesessen hat.

„Wie bitte? Verstehe ich das richtig, du wurdest im Haus der Hansons, auf dieser Party, unter Drogen gesetzt?"

„Ja, wir sind von hier aus ja direkt dorthin gefahren", sage ich kleinlaut.

Frau Tervo baut sich vor Finley auf und stemmt ihre Hände in die Hüften. „Aus gutem Grund hatten wir dir den Umgang mit diesen großspurigen Jungs verboten. Jetzt sieh dir an, was sie angerichtet haben!"

„Du kennst sie überhaupt nicht, Mom. Nicht alle sind schlechte Kerle."

„Das eine Mal wo sie hier waren, hat mir gereicht. Machen das etwa anständige Jungs? Ein fremdes Mädchen unter Drogen setzen? Na, warte! Wir werden das bei der Polizei zur Anzeige bringen und den feinen Herrn Hanson, seines Zeichen Wahlkampfchef des Senators, werde ich mir höchstpersönlich vorknöpfen, und zwar jetzt sofort!", wütet Frau Tervo, stürzt an mir vorbei, rast in den Flur, reißt ihre Handtasche von der Kommode und greift sich einen Schlüssel vom Schlüsselboard. Herr Tervo saust gleich hinter ihr her.

„Pe, warte! Lass das! Das bringt doch nichts. Pe!" Er hat seine Frau eingeholt und nimmt ihr den Autoschlüssel aus der Hand. Finley und ich stehen im Türrahmen und beobachten staunend das Geschehen.

„Er ist dafür verantwortlich, was in seinem Haus vor sich geht. Er hat eine Aufsichtspflicht, da waren minderjährige Kinder. Ich werde dafür sorgen, dass er sich vor Gericht dafür verantworten muss. Komm, Linnea." Sie streckt mir ihre Hand entgegen und greift sich im nächsten Moment einen anderen Autoschlüssel vom Board.

Ich bin aber so geschockt von der ganzen Situation, dass ich gar nicht reagiere.

„Beruhige dich jetzt, Pe, bitte."

„Ich will mich aber nicht beruhigen", faucht sie und stampft mit dem Fuß auf. Auf einmal fängt Herr Tervo furchtbar an zu lachen. Ich werfe Finley einen fragenden Blick zu, aber der zuckt nur mit den Schultern und schüttelt gleichzeitig seinen Kopf. Böse funkelt Frau Tervo ihren Mann an. Wenn ich es nicht besser wüsste, könnte man meinen, dass sie wirklich jeden Moment vor Wut zerplatzt.

„Bis du mit der Erntemaschine bei den Hansons ankommst, kann es allerdings ein paar Stunden dauern", japst Herr Tervo und schnappt nach Luft.

Frau Tervo blickt entgeistert auf den Schlüssel in ihrer Hand und fängt dann genauso heftig an zu lachen.

Ich atme auf. Heiliger Bimbam, was für eine temperamentvolle Familie! Wir gehen zurück ins Büro und sprechen noch einmal in Ruhe darüber. Finley druckst allerdings immer noch herum. Das spüre ich.

„Du wirst Linnea in ihren Ferien doch nicht allen Ernstes auf ein Polizeirevier schleifen wollen?", fragt Herr Tervo seine Frau. „Das kann sich ewig hinziehen und vielleicht wird sie dann noch mehrmals befragt. Sie kann doch auch gar nicht sagen, wer ihr das Zeug gegeben hat."

„Vielleicht kommt meine Erinnerung ja nach und nach zurück?", werfe ich kleinlaut ein.

„Das ist eine vernünftige Strategie", sagt Herr Tervo. „Wir warten ein paar Tage ab und dann sehen wir weiter." Ich bin erleichtert und entschuldige mich. Ich bin klatschnass geschwitzt von der ganzen Aufregung und brauche dringend eine erfrischende Dusche.

*

Finley

Linnea verkündet, dass sie eine kalte Dusche braucht. Das passt mir prima und ich nutze die Gelegenheit, um mit meinem Vater unter vier Augen zu sprechen. Auf dem Weg zur Abfüllanlage passe ich ihn ab.

„Dad!", rufe ich ihm nach, „warte, ich muss dir noch etwas sagen."

Sofort bleibt er stehen. „Du musst verhindern, dass Mom zur Polizei geht", sprudelt es sofort aus mir heraus.

„Warum?", er schaut mich verständnislos, aber wie immer ruhig an.

„Die Polizei wird Beweise haben wollen."

„Ja, natürlich. Und die haben wir nicht, meinst du."

„Ich habe einen Verdacht, kann es aber nicht beweisen. Skye hat Linnea auf der Party angesprochen und in ein Gespräch verwickelt. Ja, und … ich denke, das ist ihre Rache. Sie ist sauer auf mich."

„Warum ist sie sauer auf dich?"

„Sie wollte mal was von mir und ich habe sie abblitzen lassen."

„Du hast Skye Silvers abblitzen lassen? Warum das denn? Das ist doch ein bildhübsches Mädchen", meint Dad und grinst.

„Sie ist ein intrigantes Miststück. Ich will nichts mit ihr zu tun haben."

„Okay", sagt mein Vater und sein Grinsen wird breiter.

„Da ist aber noch was", fahre ich fort, „es existieren Bilder von der Party … Bilder auf denen Linnea zu sehen ist …", stottere ich herum, blicke zu Boden und reibe mir den Nacken. Wie soll ich meinem Vater das erklären? „Bilder die sie ... na ja ... unter dem Drogeneinfluss zeigen", flüstere ich.

„Verstehe", sagt mein Dad sofort und nickt.

„Linnea darf diese Bilder niemals sehen. Sie würde sich furchtbar schämen, dabei kann sie doch gar nichts dafür."

Wieder nickt mein Vater. „Ich lasse mir etwas einfallen. Versprochen. Und ich hoffe, du merkst jetzt langsam selbst, dass diese Clique nur Ärger mit sich bringt." Dann legt er seine Hand auf meine Schulter und schaut mir fest in die Augen. „Ich bin stolz auf dich, Sohn. Du hast dich sehr ritterlich verhalten. Und nun lauf und kümmere dich um Linnea, das arme Mädchen soll doch hier Ferien machen und sich erholen und nicht unter Drogen gesetzt werden."

„Ich muss dich noch etwas fragen, Dad."

„Ja."

„Hast du Mandy Miller in letzter Zeit mal hier herumschleichen sehen?"

Dad räuspert sich und wirft mir einen scharfen Blick zu. „Nein, warum?"

„Nur so, ja, perfekt ... Danke, Dad", stammele ich und schlendere davon. Dad hat scheinbar nicht mehr daran gedacht, dass Linnea unter die Dusche wollte, sonst hätte er vermutlich nicht gesagt, dass ich mich um sie kümmern soll. Aber allein der Gedanke, mit Linnea unter der Dusche zu stehen, lässt das Blut in meinen Ohren rauschen und nicht nur da. Schmerzlich fällt mir ein, dass sie ja nichts von mir will und mich nur unter Drogeneinfluss geküsst hat. Autsch! Das tut immer noch verdammt weh. Obwohl es natürlich mutig von ihr war, vorhin bei meinen Eltern die Wahrheit zu sagen. Ich werde einfach versuchen, mich möglichst neutral und wie ein guter Freund zu verhalten.

*

Linnea

Am nächsten Tag nehmen sich Herr und Frau Tervo die Zeit, um mit uns zu frühstücken. Finleys Geschwister sind schon in der Schule, als Herr Tervo jedem von uns einen Umschlag reicht. Sofort beginnt mein Herz zu rasen. Was kann das sein. Mein Ticket zurück nach Finnland vermutlich, damit ich nicht noch mehr Ärger anrichten kann. Ich könnte mich immer noch Ohrfeigen, dass ich diese Cola getrunken habe.

„Was ist das?", spricht Finley laut meine Gedanken aus.

„Schaut rein", sagt Herr Tervo lächelnd.

Also reißen wir unsere Umschläge auf und meine Befürchtung bestätigt sich. Ich halte ein Flugticket in meiner Hand.

„Malibu?", kreischt Finley neben mir.

Jetzt wage ich einen zweiten Blick auf mein Ticket und da steht auch Malibu.

„Mona und Leevi sind schon dort", sagt Herr Tervo und strahlt uns an, „und wir dachten uns, es wäre ein schöner Ferienausklang, wenn ihr für eine Weile runterfliegt."

Finley schaut mich an und greift unter dem Tisch nach meiner Hand, bevor er aufspringt und seinem Vater um den Hals fällt.

„Danke, Dad! – Danke, Mom!" Jetzt umarmt er auch seine Mutter.

„Nach dem ganzen Stress dachten wir uns, Linnea hat sich noch ein paar erholsame Tage am Meer verdient." Herr Tervo zwinkert mir zu. Mein Blick ruht auf dem Flugpreis, den ich nie im Leben bezahlen kann.

„Du bist selbstverständlich eingeladen und nur wenn es deine Eltern erlauben", schaltet sich Frau Tervo jetzt ein. Sie scheint meinen ängstlichen Blick bemerkt zu haben. Als Antwort nicke ich nur und heiße Tränen sammeln sich in meinen Augen. Ich kann das alles nicht glauben.

„Wir haben uns erkundigt, Linnea", spricht Frau Tervo jetzt weiter. „Wir würden dir und deiner Familie so gerne helfen und auch deine Eltern herüberfliegen lassen, aber das mit der Krankenversicherung ist in Amerika nicht so einfach."

Den Rest höre ich nicht mehr, weil ich in Tränen ausbreche. Finley zieht mich sofort in seine Arme und streicht mir über den Rücken.

*

Finley

Heute lassen meine Eltern aber wirklich einen Hammer nach dem anderen heraus. Nachdem sich Linnea etwas beruhigt und mindestens dreimal versichert hat, dass ihre Eltern das niemals annehmen würden, will sie noch wissen, was denn jetzt wegen der Party passieren wird.

„Wenn ich eine Aussage machen soll", sagt sie, „dann müsste das ja heute noch passieren, wenn wir morgen fliegen."

„Du brauchst keine Aussage zu machen", sagt Mom in ihrem berühmten Ton, der keine Widerrede zulässt. „Mein Mann hatte eine andere, ganz wunderbare Idee", erklärt sie uns, strahlt Dad an und küsst ihn vor unseren Augen. Ich weiß nicht wie Dad das macht. Wie er es überhaupt mit ihr aushält, aber sie scheinen immer noch total verliebt zu sein. Ich habe sie schon oft beim Knutschen erwischt. Was ihnen natürlich überhaupt nicht peinlich ist.

Kapitel 18

Malibu

Finley

Wir sitzen tatsächlich im Flieger nach Malibu und können unser Glück immer noch nicht fassen. Fast drei Wochen ohne meine Eltern und Geschwister, das ist unglaublich!

„Kennst du eigentlich *OneWay*?", frage ich Linnea, die etwas angespannt neben mir sitzt und aus dem Fenster schaut.

„Klar, welcher Finne kennt die nicht?"

Trotzdem erzähle ich ihr den Rest des Fluges alles über Leevi und seine Band.

Nachdem wir unser Gepäck geholt haben, strömen wir mit den anderen Reisenden dem

Ausgang entgegen, als ich plötzlich meinen Namen höre. Ich bleibe stehen und blicke mich um. Jetzt ertönt ein Pfiff und wieder wird mein Name gerufen. Schnell habe ich einen blonden Schopf hinter der Absperrung ausgemacht. Mit seiner Größe von über eins neunzig überragt Leevi meist alle anderen. An seiner Seite hüpft eine Frau wie ein Flummi auf und ab und winkt wild mit beiden Armen. Meine Patentante Mona. Ich bekomme eine Gänsehaut, so sehr freue ich mich, sie zu sehen.

„Da sind meine Pateneltern", sage ich zu Linnea und deute auf die beiden. Kaum dass wir um die letzte Ecke gebogen sind, fliegt mir Mona schon in die Arme und küsst mich überschwänglich auf beide Wangen. „Oh! Wie schön dich zu sehen! Geht es dir gut? Ist alles in Ordnung?" Sie lässt ihre Hände auf meinen Schultern liegen und mustert mich eingehend.

„Mir geht es prächtig, Tante Mona, danke", beantworte ich ihre Fragen und drücke sie auch noch einmal.

*

Linnea

Finleys Onkel ist wirklich der Leadsänger von *OneWay*. Wahnsinn! Ich fasse es nicht! Während Finley gerade von seiner Tante stürmisch begrüßt wird, sagt Leevi zu mir: „Hey, du musst Linnea sein", und strahlt mich an. Er ist ein Riese, der seine Arme ausbreitet und mich dann an sich drückt. Ich habe das Gefühl in seiner Umarmung zu verschwinden, aber gleichzeitig fühle ich mich vollkommen sicher und geborgen. „Cooler Name, muss aus Finnland kommen", zwinkert er mir zu. Er scheint genau so lustig und locker zu sein wie Finley es mir erzählt hat.

„Lass mich jetzt auch mal", macht sich seine zierliche Frau bemerkbar und schiebt Leevi beiseite. Sie trägt ihr dunkles Haar ganz kurz, was ihr sehr gut steht und ihr hübsches Gesicht betont.

„Hallo, ich bin Mona und freue mich sehr dich kennenzulernen." Küsschen rechts, Küsschen links. Meine Güte! Ich bin völlig geplättet von so viel Herzlichkeit, dass ich nur ein leises, „ganz meinerseits", herausbringe.

Leevi erklärt uns gerade, dass er nur ein kleines Auto angemietet hat und wir deshalb ein Taxi nehmen müssen.

Ankunft im Strandhaus

„Komm, Linnea", Mona legt mir ihren Arm um die Schulter, „ich zeige dir jetzt drei Zimmer, von denen du dir eins aussuchen darfst. Was übrig bleibt, muss Finley nehmen", kichert sie.

Ich kneife mich mehrmals täglich, weil ich immer noch glaube zu träumen. Ich fahre in einem Cabriolet durch Malibu! Neben mir sitzt ein gut aussehender junger Mann mit Sonnenbrille auf der Nase und ich kann es kaum abwarten, bis ich ihn wieder küssen und berühren kann. In den letzten Tagen ist mir vieles klargeworden. Wie idiotisch ich mich benommen habe und wie blöd es war, ihm zu sagen, dass ich ihn nur geküsst habe, weil ich noch unter Drogeneinfluss stand. Ich muss es mir einfach eingestehen: Ja, ich habe mich in meinen Großkotz verliebt und ich möchte endlich auch ein Stückchen von diesem Glück abbekommen, welches in aller Munde ist. Einfach unbeschwert vor mich hinträumen; wie es danach weitergeht, ist mir egal.

„Dad hat angerufen", berichtet mir Finley, „Mom ist happy. Sie sind zu Zacs Vater gefahren und Mom hat ihn zur Schnecke gemacht. Sie hat ihm wohl etliche Paragrafen um die Ohren gehauen und gemeint, falls er es wagen sollte eine Rechnung für den Billardtisch zu schicken, wird sie die Sache mit der Drogenparty an die große Glocke hängen. Sie muss wieder gut in Fahrt gewesen sein."

„Das kann ich mir lebhaft vorstellen. Deine Mom ist echt eine Nummer für sich."

„Meine Mom ist immer ein wenig aufbrausend, da hast du recht."

„*Ein wenig aufbrausend* ist echt eine mega Untertreibung", rutscht es mir heraus und ich muss lachen.

Finley schaut mich ganz komisch an.

„Was? Ist doch so, oder?"

„Es ist schön, wenn du lachst", gibt er zurück und greift nach meiner Hand. Die Wärme seiner Finger löst ein Kribbeln in mir aus, von dem ich möchte, dass es nie mehr aufhört. Wir schauen uns an. Viel zu lange, schließlich fährt er Auto, aber am liebsten würde ich ihn jetzt küssen.

*

Finley

In den ersten Tagen spielen Mona und Leevi die Fremdenführer für uns. Wir unternehmen einen Ausflug zum Santa Monica Pier. Fahren Achterbahn und Riesenrad.

Wir düsen ein Stück den South Bay Trail entlang. Er verläuft direkt am Strand, das Meer ist dabei immer in Sichtweite. 34 km von Santa Monica über Venice nach Redondo Beach. Mona und Linnea nehmen ein Fahrrad, Leevi und ich Inline Skates. Wir kommen aber nur bis Venice Beach, weil unsere Mägen anfangen zu knurren. Kurzerhand fallen wir in einen Imbiss Stand ein und bestellen Hotdogs. Auf dem Rückweg darf ein Eis natürlich nicht fehlen.

Am übernächsten Tag geht es nach Long Beach. Von dort aus fahren wir eine gute Stunde mit einem Schiff nach Catalina Island. Dort erkunden wir mit Fahrrädern die Insel und genießen die atemberaubenden Ausblicke auf den Pazifik.

*

Nach einer guten Woche in Malibu blüht Linnea endlich auf und ich glaube, das haben wir Mona zu verdanken. Sie hat sofort einen guten Draht zu ihr gefunden. Sie ist lustig, aber ruhig und niemals aufbrausend, so wie meine Mom. Sie hat mit der richtigen Mischung aus Fürsorge und Loslassen eine Freundschaft zu ihr aufbauen können. Ich denke, Linnea vertraut ihr. Ständig stecken sie ihre Köpfe zusammen und kichern. Ja, Linnea kichert! Ich fasse es nicht. Noch vor einem Monat hätte ich das nicht für möglich gehalten. Obendrein bin ich sehr froh, dass sie endlich mal ihre Schulbücher aus der Hand gelegt hat und mich nicht mehr mit Nachhilfestunden nervt. Zurzeit verschlingt sie Monas Bücher und scheint ganz abgetaucht zu sein. Bevor ich mit Leevi aufbreche, bringe ich ihr noch einen Eistee auf die Veranda.

„Gefallen dir Monas Bücher?", flüstere ich leise, um sie nicht zu erschrecken. Sie hat es sich auf einer Liege im Schatten bequem gemacht.

„Oh, ja, sehr sogar", antwortet sie mir, nimmt ihre Sonnenbrille ab und schaut mich mit strahlenden Augen an. Mein Herz macht einen Satz, denn so glücklich und entspannt habe ich sie noch nie gesehen.

„Allerdings werde ich deinen Eltern nie mehr in die Augen schauen können ohne rot zu werden."

Ah, offensichtlich liest sie gerade das Buch über meine Mutter. „Mach dir darüber keine Gedanken, meine Eltern sind nicht besonders schüchtern", entkräfte ich ihre Sorge und hauche einen zarten Kuss auf ihre nackte Schulter. Das hätte ich besser lassen sollen, denn meine Fantasie beginnt mir einen Streich zu spielen. Wie gerne hätte ich sie jetzt in meine Arme gezogen und geküsst, und wie gerne würde ich noch ganz andere Stellen küssen. Hitze schießt durch meinen Körper und ich atme tief aus, muss meine Stimme klären, bevor ich sagen kann: „Und du bist sicher, dass du nicht mit willst zum Surfen?"

„Ja, da bin ich mir ganz sicher. Geht nur, ich wünsche euch viel Spaß."

„Den wünsche ich dir auch und wenn du etwas brauchst, Mona ist im Haus."

„Finley", ruft sie mir hinterher. Ich gehe die zwei Schritte noch einmal zu ihr zurück und beuge mich herunter. „Ja?"

„Danke, dass du mich überredet hast mit nach Kalifornien zu kommen."

Wir schauen uns fest in die Augen. Und schon wieder ist dieses gewaltige Verlangen da, sie küssen zu wollen.

„Das habe ich sehr gern getan", entgegne ich rau und streife im Weggehen leicht über ihren Arm.

Kapitel 19

Surfing

Finley

Leevi und ich fahren zum Malibu Lagoon State Beach. *Der* Hotspot für Surfer! Wir haben einen super Tag erwischt. Der Wind bläst ordentlich und die Wellen sind nahezu gigantisch. Wir haben mordsmäßigen Spaß und kämpfen um die höchsten Wellen. Mein Onkelchen ist echt gut in Form. Aber morgen wird er seine alten Knochen nicht mehr spüren, weil er einfach nicht genug bekommen kann. Allerdings versetzt er mir in diesem Moment einen gewaltigen Schrecken. Ich kann ihn nicht mehr sehen. Scheiße! Ich meine, man kann so ein Board auch mal auf den Kopf bekommen und dann gehst du unter wie ein Stein. Panisch schaue ich mich um und paddele auf die Stelle zu, an der ich ihn zuletzt gesehen habe. Mit Schwung taucht er gerade wieder auf, rudert wild mit den Armen und flucht lautstark auf Finnisch, als ich näher komme.

„Bist du verletzt?", brülle ich.

„Nicht schlimm, das Board ist mir aufs Bein geknallt." Er hat sich schon zurück auf sein Board geschoben und gemeinsam paddeln wir zum Strand zurück. Beziehungsweise lassen uns von den Wellen an den Strand spülen.

*

Leevi wird von Mona verarztet, nachdem er sich eine Standpauke abgeholt hat. Ich grinse immer noch und verdrücke mich auf die Veranda in der Hoffnung, Linnea dort anzutreffen. Nein, auf ihrem Liegestuhl vom Vormittag ist sie nicht. Ich trete an das Geländer und schaue über den Strand. Und da entdecke ich sie. Sie hat sich ein gutes Stück von unserem Strandabschnitt entfernt, doch ich erkenne eindeutig ihre schlanke Gestalt. Ihr Blick ist auf das Meer gerichtet, kleine Wellen umspülen ihre Knöchel. Der Wind hat einige Strähnen aus ihrem langen, geflochtenen Zopf gelöst und diese werden heftig herum geweht. Es ist ein so bezaubernder Anblick, dass ich am liebsten schnell mein Handy holen möchte, um ein Foto zu machen. In diesem Moment setzt sie sich in Bewegung, geht einige Schritte weiter zurück und setzt sich in den Sand. Ich laufe die große Holztreppe hinunter und gehe auf sie zu. Sie hat mich noch nicht bemerkt, weil sie ihren Blick geradeaus gerichtet hält. Als ich näher komme, rufe und winke ich. „Linnea! Wir sind zurück."

Sie schaut in meine Richtung und fährt sich mit beiden Händen über ihre Wangen. Hat sie geweint? Sofort bin ich alarmiert und renne das letzte Stück zu ihr.

„Hey!", sage ich etwas außer Atem und setze mich neben sie.

„Hey!", antwortet sie leise und schaut wieder auf das Meer hinaus.

„Ist etwas passiert? Hast du geweint?"

„Ja." Endlich schaut sie mich an. Ihre Augen schwimmen schon wieder oder immer noch.

„Ist etwas mit deinem Vater?", frage ich vorsichtig. Sie schüttelt ihren Kopf. Puh. Ein Stück weit atme ich auf. Eine Zeit lang hatte ich wirklich Angst, dass uns ganz plötzlich eine Todesnachricht erreichen könnte.

„Ich ... ich bin einfach ein schlechter Mensch, weißt du", fängt sie stockend an zu sprechen.

Diese Aussage ist so abwegig, dass ich lachen muss. „Du ein schlechter Mensch? Das ist sowas von absurd. Wirklich ein Scherz, Linnea."

„Du kennst meine Gedanken nicht", erwidert sie so leise, dass ich es kaum verstehen kann. Sie greift in den warmen Sand und lässt ihn langsam durch ihre Finger rieseln.

„Ich würde sie aber gerne kennen", sage ich und greife ebenfalls in den Sand, um es ihr gleich zu tun. „Du kannst mir alles anvertrauen, Linnea, ich werde mit niemandem darüber sprechen. Du musst nicht alles mit dir alleine ausmachen, weißt du. Dazu sind Freunde da."

„Es ist falsch hier zu sein", spricht sie dann endlich aus, was ihr durch den Kopf geht. Ich habe schon ein *warum?* auf der Zunge, schlucke es aber hinunter, weil ich fürchte, dass sie nicht mehr weitersprechen wird, wenn ich sie unterbreche.

„Ich sollte mich um meinen Vater kümmern und nicht hier am Strand sitzen und nichts tun."

„Linnea", jetzt greife ich nach ihrer Hand. „Dein Vater ist bestens versorgt. Tante Mirja kennt die Reha Klinik. Sie hat gesagt, dass das eine der besten Einrichtungen ist. Sie werden deinen Vater wieder auf Vordermann bringen. Ganz bestimmt."

Linnea schüttelt ihren Kopf und zieht ihre Hand zurück. „Du hast wirklich keine Ahnung davon, was es bedeutet mit einem teils gelähmten Menschen zusammen zu leben."

„Nein, habe ich nicht. Weil du ja nie etwas erzählst. Was bedeutet es? Und warum ist er überhaupt so schwer krank?"

„Ein Unfall ... Vor gut sieben Jahren ... Er hat beim Autofahren einen Schlaganfall erlitten und ..."

„Scheiße!", murmele ich.

„Wir müssen ihm beim Essen und Trinken helfen, er muss gewaschen und umgezogen werden. Er kann nicht zur Toilette gehen und die Beutel müssen gewechselt werden", sprudelt es mit einem Mal aus ihr heraus. „Ständig hustet er, sogar in der Nacht höre ich ihn. Ich halte das nicht mehr aus. Aber was für ein Mensch bin ich, wenn ich solche Gedanken habe?"

Sie presst sich die Hände auf die Ohren und dann laufen ihre Augen über. Sie schnappt nach Luft und legt ihren Kopf auf die Knie. Ich rutsche ganz dicht neben sie und nehme sie in meine Arme. Nein, ich hatte wirklich keine Vorstellung davon, was bei ihr zu Hause abgeht und bin entsetzt. Wie kann ich ihr nur helfen?

*

Nach ein paar Tagen ist Linnea bei dem vierten Buch von Mona angelangt und sie erzählt mir, dass ihr Grannys Geschichte ganz besonders gut gefällt und dass sie Grannys Grab gerne besucht hätte, wenn sie früher davon gewusst hätte.

Wir sitzen am Strand und irgendwann fängt Linnea an mir laut vorzulesen. Ich kenne die Geschichte natürlich, aber ich lehne mich zurück, schließe meine Augen und lausche Linneas Stimme und dem leisen Rauschen des Meeres. Na ja, eigentlich ist es ja der Pazifik, der da rauscht. Es entsteht eine ganz besondere Atmosphäre. Irgendwie fühlen sich diese Stunden sehr intim und vertraut an.

„Bist du eingeschlafen?", fragt Linnea irgendwann.

„Niemals werde ich einschlafen, solange ich deiner wunderbaren Stimme lauschen kann. Komm, ruh dich auch ein bisschen aus."

Sie legt sich neben mich und ich greife nach ihrer Hand, streiche leicht mit meinem Daumen über ihren Handrücken. Ihre Hand ist warm, nicht so eisig kalt wie in Finnland und sie lässt es zu, zieht ihre Hand nicht weg.

„Finley?"

„Hm."

„Ich möchte dir etwas sagen."

„Hm. Ich hör dir zu."

„Das ... Das wollte ich dir schon lange sagen."

Ich muss lachen, weil sie so herumdruckst. „Dann einfach heraus damit", sage ich, bleibe aber trotz meiner Neugier ganz ruhig liegen und halte meine Augen geschlossen.

„Was ich damals zu dir im Auto gesagt habe. Du weißt schon ... Also, es tut mir wirklich leid. Ich stand gar nicht mehr unter Drogeneinfluss, als du mich geküsst hast."

Um ein Haar hätte ich laut gelacht, beiße mir aber im letzten Moment auf die Lippen, um es nicht zu tun. Sie ist echt süß, aber jetzt wird sie ein bisschen schmoren müssen, meine kleine, süße Lin.

„Weißt du, Linnea", bemerke ich ernst, „das hat mich wirklich tief verletzt. Ich hätte ganz andere Gelegenheiten gehabt, schließlich habe ich die ganze Nacht an deinem Bett gesessen."

Linnea zieht ihre Hand weg und setzt sich auf. Ich öffne nur ein Auge und beobachte sie.

„Ich weiß", murmelt sie leise, „das war wirklich gemein von mir. Verzeihst du mir?"

Ich setze mich ebenfalls auf und schaue sie an. Ganz ernst ist ihr Blick, fast angsterfüllt. Dann lächele ich. „Ich verzeihe dir, aber ich werde dich nie wieder küssen." Ihre schönen großen blauen Augen werden noch ein bisschen größer.

„Was? Aber ..."

„Außerdem hast du mich zurück geküsst. Das wollen wir hier mal klarstellen. Und da warst du alles andere als schüchtern." Sofort wird sie knallrot. „Also, nicht dass du mich falsch verstehst, mir hat es gefallen und wenn du noch ein bisschen üben willst, stelle ich mich gerne zu Verfügung."

Zuerst schaut sie mich entgeistert an, versteht dann aber scheinbar meinen Spaß, boxt mir auf den Oberarm und steht auf. „Blödmann!"

In diesem Moment ruft Mona von der Veranda, dass wir zum Essen kommen sollen.

Es wird wieder ein lustiger Abend. Leevi kann einfach unendlich viele Anekdoten von seinen Tourneen berichten und wir lachen uns kaputt. Ja, sogar Linnea lacht. Leevi und Mona sind ein Glücksfall für sie und es war die beste Idee meiner Eltern uns hier her zu schicken.

*

Von der Terrassenbrüstung aus beobachte ich Mona und Linnea, die auf der untersten Treppenstufe zum Strand sitzen und sich unterhalten. Ich erschrecke mich, als Leevi mir plötzlich seine Hand auf die Schulter legt.

„Mona schafft das", flüstert er leise. Wenn Linnea nicht dabei ist, sprechen wir Deutsch miteinander, wobei mein Deutsch weitaus besser ist als seines. Mona hat viel mit mir geübt, als ich noch ganz klein war, das hat sich scheinbar in mir festgesetzt.

„Wie meinst du das?"

„Mona hat selber lange gepflegt ihre Eltern. Keiner kann Linnea besser verstehen als sie."

Ich nicke. Ja, da hat Leevi bestimmt recht. Ich kann nur versuchen es mir vorzustellen, aber das ist etwas ganz anderes. „Linnea wird von der ganzen Verantwortung und Arbeit erdrückt, die sie zu Hause übernehmen muss. Ihrem Vater geht es wirklich sehr schlecht. Kein Teenager sollte das erleben, was sie mitmacht."

„I know", sagt Leevi und schlägt mir noch einmal auf die Schulter. „Mirja hat mir erzählt. Aber jetzt, bald wird besser. Wir bauen Haus für Linnea", verrät Leevi mir. Ich kann mir gut vorstellen, dass er das noch nicht hätte ausplaudern sollen, denn sonst hätten Mom und Dad doch längst davon erzählt.

„Was? Wie, ihr baut ein Haus für Linnea? Und wer ist *wir*?" Ich verstehe gerade gar nichts mehr, bekomme aber trotz der Wärme eine dicke Gänsehaut.

„Grannys altes Haus in Helsinki", erklärt mir Leevi, „Richard hat in seine Testament Haus zurückgegeben an alle Enkelkinder und natürlich wir haben sofort ja gesagt, wie Lauri hat gefragt uns. Grannys Haus ist perfekt für Umbau. In altes Atelier kommt Zimmer für Linneas Dad. Dort wir haben viele große Fenster mit viel Licht, ist sehr wichtig für kranke Leute, und separater Eingang, so wir müssen nicht bauen Rampe bei Eingangstreppe."

Mir steht vor Staunen wirklich der Mund offen.

„Wenn Urlaub vorbei ist, ich persönlich werde überwachen Bauarbeiten."

„Du?", rutscht es mir ungläubig heraus. Wir alle wissen, dass mein Patenonkel ein toller Musiker ist, aber sein handwerkliches Geschick lässt wirklich zu wünschen übrig. Ich erinnere mich noch lebhaft an meine Sommerferien bei ihm. Damals hat er vergeblich versucht einen Grill aufzubauen. Nach über zwei Stunden haben wir dann Pizza bestellt.

„Na ja", meine ich zögerlich, „vielleicht könnte Onkel Daniel ein Auge darauf haben. Ich weiß nicht so recht, ob du der geeignete Mann dazu bist?"

„Was? Was soll das heißen?", regt er sich auf. „Bauaufsicht machen ist Fulltime-Job. Daniel hat eigene Firma zu leiten. Ich habe Zeit, Sommerfestivals sind vorbei. Ich mache das."

„Hm", brumme ich nur, „aber Daniel ist vom Fach. Ich meine, er hat Ahnung davon."

„Ich habe auch Ahnung davon. Ich werde motivieren die Arbeiter mit meiner guten Laune und dann, sie arbeiten doppelt so schnell. Du wirst sehen."

„Ich glaube eher, dass du ein, zwei, drei Biere mit ihnen trinken wirst und dann wird gar nichts mehr geschafft." Ich mag Leevi wirklich sehr, aber in dieser Hinsicht bin ich skeptisch.

„Hey, du bist ganz schön frech", er rempelt mir seinen Ellenbogen in die Seite. „Aber ich liebe dich trotzdem." Leevi nimmt mein Gesicht zwischen seine Hände und drückt mir einen dicken Schmatzer auf die Stirn.

„Bäh, was soll das?", schnell trete ich einen Schritt zurück.

„Ah, du bist so süß! Als Baby du warst schon so süß und jetzt du bist immer noch."

„Leevi, ich bin siebzehn. Du kannst mich nicht einfach so küssen."

„Klar kann ich, hast du doch gesehen." Er will noch einmal nach mir greifen, aber dieses Mal bin ich schneller. „Dein Deutsch ist übrigens immer noch grottenschlecht."

„Ist mir doch egal. Aber zurück zu Umbau. Ich bin beste Mann für diese Arbeit, ich mache das. Und außerdem, jetzt kommt beste part an diese ganze Aktion", meint Leevi und grinst von einem Ohr zum anderen, „Linnea bekommt eigenes Zimmer." Er zwinkert mir mehrmals hintereinander zu und verzieht sein Gesicht zu einer lustigen Grimasse.

„Das mit uns ist nicht so, wie du denkst", kläre ich meinen Patenonkel auf, „da läuft nichts."

Jetzt grinst Leevi noch breiter. „Ja, natürlich, schon klar. – Oh, really? Na ja, aber was nicht ist, kann noch werden, oder?"

Er klopft mir so fest auf den Rücken, dass ich fast gegen das Geländer falle.

„Hey, she is so sweet! Ganze Tag ich könnte küssen sie, aber Mona sagt ich darf nicht. Sie könnte sich erschrecken. Aber ich möchte beschützen sie und könnte ständig umarmen."

„Ja, das merkt man, du erdrückst sie ja fast mit deinen Umarmungen", sage ich gespielt ernst und verstimmt. Ich weiß natürlich, dass sich Leevi niemals an ein so junges Mädchen heranmachen würde. Er sagt das nur, um mich aus der Reserve zu locken.

„Ich glaube, ein kleiner Kuss auf die Wange wäre O.K."

„Wirklich? Meinst du?"

„Ja, ich sehe ihr Gesicht, wenn du sie fast zerdrückst, aber sie sieht glücklich dabei aus. Ich denke, es würde ihr gefallen."

„Mona war auch sehr traurig, damals als ich sie kennengelernt habe", sagt Leevi jetzt ernst. „Hat mir Herz herausgerissen sie so zu sehen. Aber nichts ist für immer, weißt du. Wir werden helfen ihr."

„Das ist wirklich eine tolle Idee. Wir haben neulich auf *Ward Vineyard* mit angehört, dass Mom irgendetwas mit der Renovierung von Grannys altem Haus vorhat, aber Linneas Eltern werden die Miete dafür nicht bezahlen können."

„Wer sagt, dass sie bezahlen sollen? Hah? Finley, du hast dich verändert. Du machst viel zu viele Sorgen dir. Du musst cooler werden, wenn du eine Rockstar werden willst. Du hast beste family auf ganze Welt", und dann fügt er noch ganz leise hinzu: „Wir gründen kleine private Charity und Sache ist geritzt."

Als ich ungläubig und kopfschüttelnd zu meinem Patenonkel hochschaue, glänzen seine Augen. Er ist wirklich ein verrückter Kerl mit einem riesengroßen Herzen.

„Danke", kann ich nur sagen, bevor mir die Stimme versagt und ich auch fast anfange zu heulen.

„Hey", sagt Leevi und nimmt mich in den Arm. „Ich habe gerettet Mona und du wirst retten Linnea. Klar, oder? Ist Ehrensache. Ist Tervo Sache. Du musst nur ablenken sie ein bisschen von ihre Sorgen, ein bisschen Spaß machen, etwas unternehmen." Jetzt zwinkert er mir zu. „Und sie wird glücklich machen dich, sicher. Ganz sicher. Sie ist tolles Mädchen, du musst nur noch herauskitzeln aus ihr."

„Leevi! Was glaubst du, was ich schon wochen- und monatelang mache?"

„Ja, und du machst gut, sie ist doch schon aufgetaut ein bisschen."

Kapitel 20

Unerwartete Gefühle

Linnea

Es ist wieder spät geworden. Nach dem Abendessen haben wir noch eine Runde Monopoly gespielt. Finley und Leevi haben sich einen erbitterten Kampf um die besten Straßen geliefert. Mona und ich haben uns köstlich über die beiden amüsiert. Ich mag Mona sehr! Sie hat eine so herzliche Art und es kommt mir vor, als würde ich sie bereits ewig kennen. Das ist bei Leevi im Übrigen nicht anders. Mona hat selber viel durchgemacht, das hat sie mir erzählt, aber nachdem Leevi in ihr Leben getreten ist, wurde ihr Alltag auf den Kopf gestellt.

Jetzt liege ich jedenfalls in meinem Bett, will aber auch unbedingt wissen, wie es mit Josephine weitergeht. Okay, ein Kapitel noch, nehme ich mir vor, aber dann werden doch mehr als zwei daraus. Der Durst meldet sich nach einer Weile und ich will noch schnell einen Schluck trinken, bevor ich das Licht ausmache. Mist, ich habe vergessen ein Glas Wasser für die Nacht mitzunehmen. Also schleiche ich barfuß aus meinem Zimmer in Richtung der Küche. Als ich den Flur hinunterlaufe, sehe ich schon einen Lichtkegel. Offensichtlich hat jemand vergessen das Licht in der Küche auszumachen. Als ich näher komme und einen Blick hineinwerfen kann, bleibe ich wie angewurzelt stehen. Mona steht vor der Arbeitsplatte und schenkt sich gerade ein Glas Wasser ein. Sie trägt nur ein langes Shirt. Leevi steht hinter ihr, die Arme fest um ihre Taille geschlungen und küsst hingebungsvoll ihren Hals. Leevi ist fast nackt! Also nur mit einer Boxershorts bekleidet. Er ist wirklich ein stattlicher, gut aussehender Mann. Ich schlucke trocken, mein Herz beginnt zu rasen. Sofort mache ich kehrt, eile zurück in mein Zimmer, schließe ganz leise die Tür, lehne mich mit dem Rücken dagegen und warte darauf, dass sich mein Herzschlag beruhigt. Ich habe Leevi in den letzten Tagen doch schon häufiger in einer Badeshorts gesehen, daran kann es also nicht liegen, beginne ich mit der Analyse meiner Reaktion, während ich in mein Bett schlüpfe. Nach und nach dämmert mir, dass es die Situation selbst war, die mich so durcheinandergebracht hat. Mona und Leevi lieben sich so sehr und sie sind unendlich glücklich miteinander, genau wie Finleys Eltern. Irgendwie scheinen die Tervo-Männer ein besonderes Talent zu besitzen, ihre Frauen glücklich zu machen. Zwischen Mona und Leevi knistert geradezu die Luft, das kann jeder spüren der ihnen begegnet. Die Blicke, die sie sich zuwerfen, sind schwer zu beschreiben, so als wüsste der eine was der andere gerade denkt, und die vielen kleinen, liebenswerten Gesten; eine vorsichtige Berührung hier, ein Küsschen da, einfach herzerwärmend. Bei Finleys Eltern ist es ein bisschen anders. Herr Tervo scheint ständig amüsiert von seiner Frau und es macht ihm Spaß sie zu foppen. Andererseits habe ich ihn oft dabei beobachtet, wie er sie anhimmelt. Penelope mimt die taffe Geschäftsfrau und Organisatorin der Familie, aber ich denke, sie braucht ihren Mann mehr, als sie jemals zugeben würde. Auf einmal laufen mir die Tränen, ich kann sie nicht aufhalten. – So glücklich möchte ich auch einmal sein.

Als ich aufwache, klopft mein Herz immer noch wie verrückt. Ich habe geträumt. Ich habe von Finley und mir geträumt, wir standen so wie Mona und Leevi in der Küche. Ich fasse an meinen Hals, denn ich bilde mir ein, Finleys heiße Lippen noch darauf zu spüren. Meine Güte! Ich bin vollkommen durcheinander und reibe mir übers Gesicht. Dann lausche ich. Alles ist noch mucksmäuschenstill im Haus. Leise husche ich ins Bad. Ich brauche dringend eine Dusche. Eine kalte Dusche.

Und wenn ich schon mal auf bin, kann ich auch Frühstück für alle machen. Ich entscheide mich dazu ein paar Pfannkuchen zu backen, die mögen sie bestimmt gerne.

Nach einem ausgiebigen Brunch auf der Terrasse stupst Mona mich an.

„Würdest du mir die Freude machen, Linnea, und mich in die Stadt begleiten? Ich brauche unbedingt ein schickes neues Kleid. Leevi hat heute nämlich seine Spendierhosen an und will uns am Abend groß ausführen." Sie zwinkert mir zu.

„Was?", ruft Leevi laut und springt halb von seinem Stuhl auf. „Das habe ich gar nicht gesagt", regt er sich auf.

„Jetzt sei bloß nicht knauserig", kontert Mona gespielt aufgebracht, „wenn wir schon mal Zeit mit unserem Patenkind und seiner charmanten Begleitung verbringen können, kannst du ruhig mal einen ausgeben."

„Gerne!", sagt Leevi jetzt und grinst hämisch, „wie du richtig gesagt hast, ist Finley *unser* Patenkind, also werden wir teilen Rechnung."

Mona streckt Leevi die Zunge raus und lacht. „Komm, wir machen uns auf den Weg und überlassen die Männer ihrem Schicksal."

Mona führt mich in die *Third Street Promenade*, eine Einkaufsstraße der gehobenen Art. Sie wurde Ende der 80er Jahre angelegt. Es gibt zahlreiche Geschäfte, kleine gemütliche Restaurants und Bars. Man kann auf den Terrassen sitzen und den Leuten beim Flanieren zuschauen. Sie hakt sich bei mir unter und wir schlendern von Schaufenster zu Schaufenster, bis sie plötzlich ruft: „Oh, sieh mal, ist dieses grüne Kleid da nicht entzückend?"

Ich schaue genauer hin. Sie meint ein langes Kleid mit Neckholder, es schimmert von oben bis unten in grün und blau Tönen. „Oh, ja", sage ich staunend, „das ist wunderschön!"

„Komm, lass uns reingehen."

Und schon stehen wir in einer sündhaft teuren Boutique.

„Haben Sie dieses grüne Kleid vom Schaufenster auch in Größe 38?", fragt sie soeben eine Verkäuferin, die uns lächelnd entgegenkommt.

„Ja, ich bringe es Ihnen sofort", sagt diese und verschwindet kurz. Mona steuert gezielt auf eine Kleiderstange zu und zieht einen Traum aus zartrosé farbenem Chiffon heraus, sucht scheinbar nach einem Größenschild, hängt es zurück und zieht das gleiche, offenbar in einer anderen Größe hervor. „Sieh mal, Linnea", ruft sie mir zu, „ist das nicht auch traumhaft schön?"

„Ja, das ist es." Ich trete näher und berühre vorsichtig den weit fallenden Rock.

„Das musst du unbedingt mal anprobieren, los!" Sie schiebt mich bereits in Richtung einer Umkleidekabine und bevor ich einen verstohlenen Blick auf das Preisschild werfen kann, reißt sie es ab und zerknüllt es in ihrer Hand. „Du bist eingeladen", sagt sie und lacht mich an.

„Oh, nein. Nein", protestiere ich sofort, „das kann ich unmöglich annehmen. Wirklich, das geht nicht."

„Jetzt probiere es doch erst einmal an", überredet mich Mona, „vielleicht passt es dir ja gar nicht."

Natürlich passt es. Es passt sogar wie angegossen und ich fühle mich wie Aschenbrödel.

„Oh", ruft Mona begeistert aus und strahlt, „sieh sich das einer an. Es ist wie für dich gemacht. Einfach wunderschön! Unseren Männern werden die Augen herausfallen."

Ich schrecke aus meinem Traum auf. „Das ist nicht so, wie du denkst, Mona", versuche ich die Sache richtigzustellen. „Ich bin nicht mit Finley zusammen."

„Nicht?" Mona ist echt geschockt. „Na ja, ist ja auch egal. Wir nehmen jedenfalls dieses Kleid", sie drückt der Verkäuferin das zerknüllte Preisschild in die Hand und steuert mit ihrem Kleid die nächste Umkleidekabine an. Ein paar Minuten später lässt Mona die Kleider an der Kasse in separate Tragetaschen verpacken. Sie zahlt mit Karte und ich recke meinen Kopf, um auf den Betrag spitzen zu können, der auf der Digitalanzeige aufleuchtet. Zusammen 1.250,- Dollar. Ich falle fast um vor Schreck und mir wird schlagartig schlecht. Die Verkäuferin verabschiedet sich überschwänglich von uns und Mona drückt mir eine der Taschen in die Hand.

„So, jetzt brauchen wir noch Schuhe", meint sie und verlässt das Geschäft. Verdattert stolpere ich hinter ihr her. „Also ich brauche keine Schuhe", sage ich schnell, um sie irgendwie in ihrem Kaufrausch zu stoppen.

„Wieso brauchst du keine Schuhe?", sie ist stehen geblieben und blickt mich fragend an.

„Ich habe Sandalen dabei, die kann ich gut dazu tragen."

„Sind die mit Absatz?", fragt Mona skeptisch und zieht eine Augenbraue hoch.

„Nein, sie sind flach."

„Das geht ja mal gar nicht", empört sie sich und zieht mich mit sich weiter. Wir betreten das nächstbeste Schuhgeschäft. Mona entscheidet sich für silberne Riemchensandaletten mit schwindelerregend hohen Absätzen und ich bekomme dieselben in Gold verpasst. „Die kannst du auch mal prima zu einem schwarzen Kleid kombinieren", kommentiert sie ihre Wahl für mich.

„Ich besitze gar kein schwarzes Kleid", wage ich einzuwerfen.

„Was nicht ist, kann ja noch werden", meint sie heiter und zwinkert mir zu.

„Nein, Mona, nein", sage ich schnell. „Es wird jetzt kein weiteres Kleid gekauft."

„Also schön", gibt sie sich geschlagen. „Lass uns eine Kleinigkeit essen gehen. Shoppen macht mich immer hungrig und durstig."

Nachdem wir in ein nettes, kleines Bistro eingefallen sind, uns einen Platz gesucht und bestellt haben, wage ich noch einmal einen Vorstoß.

„Ich möchte meine Sachen wirklich bezahlen, Mona. Das geht nicht. Das ist einfach zu viel."

Mona lehnt sich auf ihrem Stuhl zurück und lächelt mich milde an.

„Darf ich dir einen Rat geben, Linnea?"

„Sicher", ich zucke mit den Schultern.

„Genieße es einfach."

Ich glaube, ich starre sie sekundenlang an.

„Weißt du", fährt sie fort, „ich bin in bescheidenen Verhältnissen aufgewachsen. Die Tervo Kinder übrigens auch. Keiner von uns wurde mit einem goldenen Löffel im Mund geboren. Bestimmt können wir es deshalb jetzt so sehr genießen." Sie schaut auf ihre Hände und spielt gedankenverloren an einem Ring herum.

Unsere Getränke werden gebracht und Mona blickt wieder nach oben. „Wie kommst du eigentlich mit Penelope zurecht?", will sie von mir wissen.

„Ja, äh, gut", sage ich zögerlich. Mona lacht laut. „Lass dir keine Angst von ihr einjagen. Penelope ist ein Wirbelwind. Sie spricht Sachen aus, bevor sie darüber nachgedacht hat. Du darfst ihr das nicht übelnehmen, sie meint es nicht böse."

Ich nicke nur und nippe an meinem Wasser.

„Hat es dir auf dem Weingut denn gefallen?"

„Ja, sehr. Ich habe mir übrigens oft die alten Bilder im Wohnzimmer angesehen. Damals kannte ich deine Bücher ja noch nicht. Ich hätte Finleys Urgroßmutter gerne persönlich kennengelernt."

„O ja, da hast du wirklich etwas versäumt. Die beeindruckendste Frau, die ich jemals kennenlernen durfte. Ihr hättet euch gut verstanden. Du bist ihr ein bisschen ähnlich. Granny hatte ebenfalls so strahlend blaue Augen wie du und blondes Haar."

An diesem einen Nachmittag mit Mona erfahre ich mehr über Finleys Familie als in den letzten drei Wochen. Mona hat eine tolle Art zu erzählen und ich höre gespannt zu, bis ihr Blick irgendwann auf ihre Armbanduhr fällt.

„Grundgütiger! Ist es wirklich schon kurz nach fünf? Das gibt es ja nicht. Jetzt sollten wir uns aber auf den Heimweg machen."

*

Finley

Während die Mädels den ganzen Tag shoppen waren, habe ich mir mit Leevi auch etwas ausgedacht. Wir werden beide heute Abend ganz in Weiß zum Abendessen gehen. Weiße Jeans, weißes Hemd. Nicht nur die Damen können uns überraschen, das geht umgekehrt genauso. Als ich mich siegessicher um halb acht im Wohnzimmer einfinde, fehlt von unseren Ladies allerdings noch jede Spur.

„Wo sind sie?", frage ich Leevi.

„Kommen gleich", antwortet er gelassen. „Frauen müssen immer machen große Auftritt, du weißt schon, und wir müssen dann bewundern."

Er zwinkert mir zu und grinst. Wir warten um einiges länger als fünf Minuten, ehe wir endlich Türengeklapper hören. Aus dem linken Bereich schwebt Mona ins Wohnzimmer und vom rechten Flur aus kommt Linnea. Bestimmt haben sie sich abgesprochen.

„Oh, Mou, du siehst umwerfend aus", höre ich Leevi sagen, kann meine Augen aber nicht von Linnea abwenden. Sie trägt ein wunderschönes Kleid und verdammt hohe Schuhe, die ihre Beine noch länger wirken lassen. Das Kleid ist schulterfrei und bringt ihre schlanke Figur perfekt zur Geltung. Ihre Haare hat sie locker nach oben gesteckt und ich versinke gerade gedanklich in ihrer Halsbeuge. Beinahe verschlucke ich mich.

„Und Linnea ist auch wunderschön", spricht Leevi weiter. Er geht auf sie zu und küsst ihr die Hand. Sofort werden ihre Wangen rot.

„Ladies, wir gehen", sagt Leevi und hält seine Arme hin, damit sich die Damen einhängen können, „Finley ist scheinbar festgewachsen."

Das befreit mich aus meiner Starre und ich strecke meine Hand nach Linnea aus, die sie auch gleich ergreift. „Du siehst wunderschön aus", flüstere ich ihr ins Ohr.

Das Essen ist großartig und verläuft, wie sollte es mit meinem Patenonkel anders sein, sehr lustig. Als wir gegen zwölf zurück im Haus sind, fragt Leevi: „Und, was machen wir jetzt noch?"

„Ich gehe ins Bett", sagt Mona, „Gute Nacht ihr Lieben." Sie winkt uns zu und geht in Richtung Schlafzimmer.

„Oh, wenn meine süße Frau ins Bett geht, gehe ich natürlich auch", kommentiert Leevi Monas Abgang mit einem spitzbübischen Augenzwinkern. „Mona, wait", ruft er und spurtet hinter ihr her. Ich muss laut lachen. „Die Zwei sind echt verrückt."

„Ich finde sie total süß", flüstert Linnea mit einem verträumten Gesichtsausdruck, den ich wiederum total süß finde.

„Und was machen wir jetzt?", frage ich Linnea, „bist du müde?"

„Nein, überhaupt nicht. Es war ein so aufregend schöner Tag, ich kann jetzt auf keinen Fall schlafen."

„Wollen wir zum Strand runtergehen?"

„Gerne", stimmt sie sofort zu. „Ich möchte mir nur schnell etwas anderes anziehen, damit ich das schöne Kleid nicht schmutzig mache."

„Gute Idee", stimme ich ihr zu, „ich werde die weißen Klamotten auch besser gegen eine Jeans eintauschen."

*

Finley

Nachdem wir uns umgezogen haben, gehen wir über die große Treppe zum Strand hinunter und laufen schweigend ein Stück am Wellenrand entlang. Ich taste nach Linneas Hand. Vertrauensvoll schiebt sie ihre in meine. Wir haben große Fortschritte gemacht. Ein Lächeln breitet sich auf meinem Gesicht aus. Wenn ich da an ihr Verhalten in Finnland zurückdenke … „Du hast mich schon lange nicht mehr Großkotz genannt", sage ich in die nur vom Wellenrauschen untermalte Stille hinein.

„Soll ich es nachholen? Vermisst du es?", entgegnet sie mir schlagfertig.

„Hmmm, es ist mir nur aufgefallen. Aber vermutlich machen die wärmeren Temperaturen mich einfach nur erträglicher."

„Das ist ganz bestimmt der Grund", sagt sie, bleibt stehen und sieht mich an.

„Na ja, unser Urlaub ist fast vorbei. Freust du dich, bald wieder nach Hause zu kommen?" Oh, Mann, bin ich ein Idiot! Diese Frage ist mir einfach so herausgerutscht. Sofort versteinert sich ihr Gesicht.

„Ob ich mich auf Zuhause freue? Fragst du mich das im Ernst? Hast du den leisesten Hauch einer Ahnung, was mich Zuhause wieder erwartet?", schleudert sie mir aufgebracht entgegen.

„Nein, habe ich nicht. Erkläre es mir."

„Oh, ja, das mache ich. Glaubst du, ich bin scharf darauf, meine Nächte wieder auf dem alten Sofa zu verbringen und mich in jeder freien Minute um meinen Vater zu kümmern? Es ist mir ein Rätsel, wie ich den ganzen Schulstoff und mein Abi schaffen soll. Ich habe schon Albträume deswegen. Was glaubst du also, wie gern ich in mein beschissenes Leben zurückkehren möchte, nachdem du mir das hier alles gezeigt hast?"

Sie macht eine ausladende Geste mit ihrer Hand und dreht sich einmal um ihre eigene Achse. In Rage spricht sie weiter: „Du bugsierst mich in ein Flugzeug, fliegst mit mir um die halbe Welt, führst mir deine heile Familie und diese grandiose Umgebung vor. Wie zur Hölle soll ich da jemals zurück wollen? Ich bin siebzehn Jahre alt. Habe ich kein Recht auf mein eigenes Leben? Du wirst in Kalifornien bleiben, bei deiner Familie, in diesem wunderschönen Haus. Und ich? Ich muss zurück in unsere beschissene Wohnung."

Ich bin geschockt von ihrem Wutausbruch. Mit einem Mal stürzen Tränen aus ihren wunderschönen Augen. Im Bruchteil einer Sekunde bin ich bei ihr, nehme sie in meine Arme und halte sie fest so gut ich kann. Sie schluchzt so stark, dass ihr ganzer Körper bebt. Ich lasse mich langsam auf die Knie sinken und ziehe sie mit mir hinunter. Mein Herz rast. Ich bin vollkommen überfordert mit dieser Situation und weiß nicht was ich machen soll. Sie hat ihr Gesicht an meine Schulter gelehnt und ich streiche über ihren Rücken. Immer und immer wieder. „Ich lasse dich nicht allein zurückgehen. Ich komme mit dir. Wir helfen dir, alles wird gut. Beruhige dich", flüstere ich. Es kommt mir vor als wären Stunden vergangen, bis ihr Zittern und Schluchzen endlich nachlässt. Ich lehne mich nach hinten, bis ich den warmen Sand an meinem Rücken spüre und halte Linnea weiterhin fest umschlungen. Ihr Atem geht immer ruhiger und ich vermute, dass sie vor lauter Erschöpfung irgendwann eingeschlafen ist. In diesem Moment kann ich mich auch etwas entspannen und schließe meine Augen.

Irgendetwas kitzelt mich. Ich muss eingenickt sein. Mühsam öffne ich meine Augen und blicke in Linneas Gesicht. Sie hat sich über mich gebeugt und ihre langen Haare streifen meine Wangen. Ich strecke meine Hand aus und streiche ihr eine dicke Haarsträhne hinters Ohr. Als sie sich weiter herunterbeugt und mit ihren Lippen ganz leicht meinen Mund berührt, bleibt ein leises Keuchen in meiner Kehle stecken. Sofort gerät mein Blut in Wallung, ich möchte sie an mich ziehen und küssen, bis ihr die Luft wegbleibt, aber ich muss mich unbedingt beherrschen, alles andere würde sie nur erschrecken. Also bleibe ich ruhig liegen und warte ab, was sie als Nächstes tut.

„Ich könnte dich Fin nennen", flüstert sie, „dann müsstest du mich küssen."

Stimmt, das habe ich mal gesagt. „Aber gefriert dann nicht die Hölle zu?" Sie schüttelt ihren Kopf. „Nein, diese Zeiten sind vorbei."

Jetzt schiebt sie ihr rechtes Bein über meine Hüfte und setzt sich auf mich. Oh, das sollte sie nicht tun! Ich schließe kurz meine Augen und hole tief Luft. Mein gesamtes Blut strömt ohnehin schon in meine Leistengegend und ich kann nicht verhindern, dass sich da etwas regt. Ich versuche mich auf Lins Gesicht zu konzentrieren. Sie greift mit beiden Händen nach ihrem Haar und schlingt es gekonnt zu einem dicken Knoten an ihrem Hinterkopf zusammen. Jetzt beugt sie sich erneut zu mir herunter und küsst mich wieder. Dieses Mal aber gar nicht mehr zaghaft, sondern richtig verführerisch. Ihre Zunge streicht über meine Lippen und bahnt sich einen Weg in meinen Mund. Ich umfasse ihren Nacken und erwidere ihren Kuss, der immer leidenschaftlicher wird. Irgendwann schaffe ich es, mich kurz von ihr zu lösen. „Lin", flüstere ich atemlos, weil ich Angst habe, die kleinste falsche Reaktion könnte jetzt alles zerstören, „wir müssen das nicht tun."

Ein zartes Schmunzeln legt sich auf ihr Gesicht: „Dein Körper sagt mir aber etwas ganz anderes."

„Den darfst du nicht so ernst nehmen", presse ich hervor und versuche ein gequältes Lächeln. Sie rutscht ein bisschen auf mir herum. Ich beiße die Zähne zusammen, ziehe scharf die Luft ein und greife nach ihren Hüften, um sie festzuhalten. „Du folterst mich." Ihre zarten Finger beginnen, mein Hemd aufzuknöpfen. Sie streicht über meine Brust und meine Bauchmuskeln. Ich halte es wirklich nicht mehr aus, ich muss sie ebenfalls berühren. Jetzt! Ich setze mich auf und ziehe sie an mich. Küsse sie, streichele über ihren Rücken und ihre Seiten. Sie hebt ihre Arme, fordert mich quasi dazu auf, ihr das T-Shirt über den Kopf zu ziehen, was ich mir nicht zweimal sagen lassen. Ihr Anblick raubt mir für einen Moment den Atem. Die Nacht ist erhellt vom Mondschein, ich kann durch den dünnen Stoff ihres BHs deutlich sehen, wie erregt sie ist. „Ist dir kalt?", hauche ich und blicke in ihre unergründlichen Augen, die meine fixieren. Als Antwort schüttelt sie ihren Kopf. „Dann bin ich also dafür verantwortlich?", necke ich sie und streiche leicht über ihre Brustwarzen.

„Bilde dir bloß nichts ein, Tervo", wispert sie mit rauer Stimme. Ich muss lachen, küsse die zarte Haut an ihrem Dekolleté und bahne mir mit meinen Lippen einen Weg zu ihren Brüsten. Sie legt ihren Kopf in den Nacken und stöhnt leise auf, umfasst meine Schultern mit ihren Händen und zieht mich an sich. Alle guten Vorsätze sind dahin. Ich kann jetzt nichts mehr stoppen. Gut, dass in meiner Hosentasche immer ein Kondom steckt.

Noch bevor der Morgen richtig dämmert, schleichen wir zurück ins Haus. „Schlaf schön", flüstere ich in ihr Ohr und gebe ihr einen sanften Kuss.

„Du auch", wispert sie zurück, kichert und verschwindet in ihrem Zimmer. Linnea Holmqvist kichert, wegen mir, wer hätte das je für möglich gehalten.

Kapitel 21

Alles hat ein Ende

Linnea

Unsere Ferien in Malibu neigen sich dem Ende zu. Um ehrlich zu sein hatte ich gehofft, dass Finleys Pateneltern ein, zwei Tage vor uns abreisen würden, aber daraus wird nichts. Mona und Leevi fahren heute jedoch nach Los Angeles, weil sich Mona dort irgendwelche Möbelstücke anschauen möchte. Sie hat gestern gefragt, ob wir mitkommen wollen, aber Finley und ich haben die Köpfe geschüttelt. „Wir chillen lieber am Strand, oder Linnea?", hat Fin mich gefragt und ich habe ganz schnell und laut „Ja", gesagt. Ich gebe zu, sehr unauffällig war das nicht, denn Mona und Leevi haben sich daraufhin einen amüsierten Blick zugeworfen.

Übermorgen werden wir gemeinsam zum Flughafen fahren. Fin und ich fliegen nach San Francisco. Mona und Leevi warten dann am Airport auf ihre Flüge nach Deutschland und Schweden. Leevi muss dort für ein paar Tage ins Studio und fliegt anschließend nach Helsinki, um die Bauarbeiten zu beaufsichtigen. Das hat mir Fin jedenfalls erzählt.

Ich liege gerade in meinem wunderbaren Bett und lausche, bis Mona und Leevi das Haus verlassen. Sie wollten früh los, haben sie gesagt, und würden erst am späten Abend wieder zurückkommen. Es ist vermessen, ich weiß, aber ich träume davon, dieses Haus für uns alleine zu haben. Vielleicht liegt es an der „Küchenszene", die sich in meinem Hirn geradezu eingebrannt hat, oder es ist, weil ich mich hier einfach so wohl und frei fühle. Weil ich mich seit ewig langer Zeit endlich einmal glücklich fühle. – Ah, ich höre, wie die Haustür vorsichtig ins Schloss gezogen wird und wenig später startet das Auto. Sie sind weg. Ich werde noch ein Stündchen liegen bleiben, dann in aller Ruhe ins Bad gehen und ein tolles Frühstück für uns zubereiten. Aber meine Pläne werden durchkreuzt. Es dauert keine fünf Minuten, da wird leise meine Zimmertür geöffnet. Scheinbar hat noch jemand auf die Abfahrt von Mona und Leevi gewartet. Ich liege auf der Seite, mit dem Rücken zur Tür, so kann er mein Grinsen nicht sehen. Vorsichtig hebt er die Decke an und schlüpft zu mir ins Bett. Federleicht streichen seine Fingerspitzen über meinen Arm und er haucht mir einen Kuss auf die Schulter, bevor er sich an mich kuschelt. Mir wird bewusst, wie zärtlich und liebevoll er ist. Er behandelt mich wie ein rohes Ei, dabei bin ich wirklich hart im Nehmen. Jedenfalls fühlt es sich herrlich an, ihn bei mir zu haben. Ein paar Minuten halte ich es durch und stelle mich schlafend, aber dann drehe ich mich zu ihm um. Die Aussicht, ihn und seine Lippen berühren zu können, ist einfach zu verlockend.

„Hey, du bist ja wach", flüstert er und streicht mir behutsam ein paar Haarsträhnen aus dem Gesicht.

„Hmhm, bin ich", flüstere ich zurück und strecke ihm mein Gesicht entgegen, um mir einen Kuss abzuholen.

„Wie fühlst du dich?"

Ich schlage meine Augen auf und versuche in seinen zu lesen. Sie strahlen so türkisblau wie immer und er sieht sehr zufrieden aus, stelle ich fest.

„Mir geht es wunderbar", beantworte ich seine Frage lächelnd, schlinge meinen Arm um seinen Oberkörper und rutsche ganz dicht an ihn heran. „Hast du das gestern ernst gemeint, dass du mit zurück nach Finnland kommst?"

„Ja, das habe ich ganz ernst gemeint. Mit diesen Idioten von der Privatschule will ich sowieso nichts mehr zu tun haben."

Mir fällt ein riesiger Stein vom Herzen. Mit Fin an meiner Seite werde ich alles leichter ertragen können. „Danke", sage ich leise und gerührt.

„Aber wie du dir sicher denken kannst, bin ich etwas verwirrt."

Finley verwirrt? Was soll das denn? Ah, sicher will er mich wieder auf den Arm nehmen. Also schön, spiele ich das Spielchen eben mit.

„Was? Warum das denn? Was hat dich denn verwirrt?"

„Du."

„Ich?" Ich setze eine Unschuldsmiene auf.

„Komm schon, Linnea, jetzt tu nicht so. Was war das heute Nacht am Strand? Du warst nicht wiederzuerkennen. Hast du heimlich deine Zwillingsschwester einfliegen lassen oder was?"

Oh, jetzt wird es mir aber zu bunt. „Spinnst du? Ich habe überhaupt keine Geschwister und schon gar keine Zwillingsschwester, das weißt du doch." Ich rücke ein Stück von ihm ab und setze mich auf, damit ich ihn besser anschauen kann.

„Also", grinst er, greift nach meinem Arm und zieht mich wieder zu sich hinunter, „ich dachte nur … Du warst wie ausgewechselt. Du hast mich ganz schön überrumpelt und mir gar keine Zeit gelassen … Und jetzt kommt es mir vor, als hätte ich das alles nur geträumt. Glaubst du, wir könnten es wiederholen? Nur so als Bestätigung, damit ich mir sicher sein kann, dass ich nicht halluziniert habe?"

„Blödmann!" Ich boxe nach ihm, verstehe aber, woher der Wind weht. Dieser Schlauberger! „Denke, das wird sich einrichten lassen", flüstere ich ihm zu.

„Vertraust du mir, Linnea?", fragt er im nächsten Moment. Ich schaue ihn eine Weile an, bevor ich ihm antworte. „Ja, warum?"

„Ich möchte dir etwas zeigen, aber das funktioniert nur, wenn man sich vertraut. Heute sind wir allein, niemand wird uns stören, wir haben alle Zeit der Welt und ich möchte dir zeigen, wie gut es sich anfühlt, wenn man sich fallen lässt, alle Gedanken ausschaltet und nur noch fühlt. Ich werde dich fliegen lassen", haucht er in mein Ohr.

Ich gebe zu, dass ich im ersten Moment nicht genau weiß was er meint, aber im nächsten Augenblick streift er mir mein Oberteil ab und fängt an mich zu streicheln und zu küssen. Es dauert nicht lange, bis ich mich unter seinen Händen winde und gierig nach ihm greife.

Kapitel 22

Kalifornien again

Finley

Auf unserer Rückreise nach Finnland legen wir für drei Tage einen Zwischenstopp auf *Ward Vineyard* ein. Ich will mich unbedingt noch einmal mit Yuma und Ed treffen. Außerdem muss ich einiges mehr an Klamotten einpacken und mit nach Finnland nehmen. Und selbstverständlich möchte ich mich von meinen Eltern und Geschwistern verabschieden.

Vor unserer Weiterreise will Linnea unbedingt Blumen zu Grannys Grab bringen und sie betrachtet erneut noch einmal alle Bilder von Granny und Gregory. Mit ihrer Kamera läuft sie durchs ganze Haus und macht Fotos davon.

„Die muss ich unbedingt meinen Eltern zeigen, damit sie eine Vorstellung davon bekommen, wer Granny war. Sieh nur", flüstert sie andächtig, „hier waren sie in Rom, da in Paris und das hier ist Venedig. Deine Urgroßmutter war eine wunderschöne, bemerkenswerte und kluge Frau. Seit ich Monas Bücher gelesen habe, glaube ich sie persönlich zu kennen."

Da wir im Moment alleine im Esszimmer sind, nutze ich die Gelegenheit, schlinge von hinten meine Arme um sie und küsse ihre Schulter. „Ich finde, du bist ihr sehr ähnlich. Nicht nur das blonde Haar. Du bist auch sehr schön, sehr klug und bemerkenswert. Außerdem werdet ihr bald in ihr Haus einziehen, stell dir das mal vor."

„Oh, Fin, das ist so wunderbar, dass ich auf der Stelle heulen könnte", sagt Linnea und ihre Augen füllen sich mit Tränen. Wenn wir alleine sind, nennt sie mich Fin und ich darf sie Lin nennen, das finde ich unheimlich süß und es ist für mich ein Ausdruck unserer Vertrautheit.

„Ich hoffe nur, dass Leevi seinen Job als Bauaufsicht ernst nimmt und die Mannschaft antreibt."

„Das macht er ganz bestimmt", sagt sie zuversichtlich und lächelt.

Ich wäre gerne mit Lin in das kleine Ferienhaus in den Weinbergen geflüchtet, aber das hätten meine Eltern niemals erlaubt. Einen Nachmittag schleichen wir uns aber doch davon und verbringen wenigstens zwei ungestörte Stunden dort.

Ed statte ich alleine einen Besuch ab und mit Yuma gehen wir essen. Es wird ein wirklich schöner Abend. Wir unterhalten uns angeregt über das letzte Schuljahr, welches uns allen bevorsteht und über unsere Studienpläne. Als Linnea kurz zur Toilette geht, raunt Yuma mir zu: „Was hast du mit ihr gemacht, Mann?" Er versetzt mir einen harten Boxhieb auf meinen Oberarm.

„Aua! Was soll das? Ich habe gar nichts mit ihr gemacht."

„Hast du wohl!" Sein Blick wird noch finsterer wie zuvor. Er kneift seine Augen zu schmalen Schlitzen zusammen. Ich kenne ihn jedoch zu gut, um mich ernsthaft bedroht zu fühlen. Scheiße! Vielleicht hat er zufällig irgendetwas davon mitbekommen, was Linnea auf Zacs Party passiert ist. Sollte das der Fall sein, wird er mir hier und jetzt, in diesem Restaurant, meinen Kopf abreißen. Ich fange an zu schwitzen.

„Sie sieht richtig glücklich aus", gluckst er los und dann bricht er in sein berühmtes Kichern aus. „Übrigens bin ich echt froh, dass du wieder nach Finnland gehst."

„Oh, danke", kommentiere ich verstimmt und immer noch unter leichtem Schock seine Aussage, „ich werde dich auch vermissen."

„Alles ist besser, als dass du zurück zu diesen Schwachköpfen an die Napa High gehst."

*

Und dann, an unserem letzten Tag auf *Ward Vineyard,* passiert das Unglück. Es läutet an der Haustür und da ich gerade in der Nähe bin, öffne ich. Mich trifft fast der Schlag. Vor mir steht M.M. und lächelt mich an.

„Hey, Fin, hab gehört, dass du wieder da bist."

Sie trägt Hotpants und ein bauchfreies Top. Der tiefe Ausschnitt lässt ihre üppigen Rundungen fast herauspurzeln. Ihr Haar hat sie zu einem kecken Pferdeschwanz frisiert.

„Hey, Mandy", versuche ich ihr freundlich zu antworten, obwohl mir das wirklich schwerfällt, denn ich weiß jetzt schon, dass sie Ärger machen wird.

„Nicht sehr nett von dir, dass du dich nicht bei mir gemeldet hast."

„Ich fliege bereits morgen wieder nach Finnland", versuche ich sie abzuwimmeln.

„Schön für dich", sagt sie provozierend, „aber du solltest mal darüber nachdenken, was vor einigen Monaten hier passiert ist."

„Das weiß ich, Mandy, aber die Sache ist vorbei."

„Pah! So einfach kommst du mir nicht davon. Ich bin nämlich schwanger von dir."

„Du bist was?", ich traue meinen Ohren nicht.

„Schwanger. Von. Dir! Soll ich es buchstabieren?"

Kurzzeitig verharre ich in einer Schockstarre, das gebe ich zu, aber dann siegt Gott sei Dank mein Verstand. „Kann sein, dass du schwanger bist, aber ganz sicher nicht von mir", zische ich und ziehe die Eingangstür hinter mir ein Stückchen weiter zu. „Ich habe immer ein Kondom benutzt und außerdem war ich über sechs Monate nicht hier, da müsste dein Bauch", ich deute darauf, „ja wohl ein bisschen anders aussehen."

„Ich war eben schon immer sehr schlank", gackert sie.

„Diese Aussage ist lächerlich. Hör mir gut zu, Mandy", versuche ich ruhig mit ihr zu sprechen, „du verschwindest jetzt von hier und lässt dich auch nie mehr blicken. Hast du das verstanden?"

Trotzig reckt sie ihr Kinn vor. „Das werden wir noch sehen", schleudert sie mir giftig entgegen, macht auf dem Absatz kehrt und stöckelt davon. Puh! Ich atme ein paar Mal tief durch, bevor ich wieder ins Haus gehe. – Und da steht Lin im Eingangsbereich. Mit offenem Mund und aufgerissenen Augen starrt sie mich an. Oh, lieber Gott, sie hat alles gehört! In dieser Sekunde bricht mir der Schweiß aus und mein Herz beginnt zu rasen.

„War das deine Freundin?", fragt sie atemlos.

„Nein!", ich schüttele meinen Kopf.

„Aber wie kann sie dann von dir schwanger sein?"

„Lin, das verstehst du nicht, sie ist nur hergekommen, um Ärger zu machen, und ..." Lins verletzter Blick lässt mich verstummen. Sie schüttelt ihren Kopf. „Ich habe dir vertraut, aber im Grunde weiß ich gar nichts von dir und deinem Leben hier. Ich kenne dich überhaupt nicht." Dann rennt sie die Treppe nach oben. Ich rase hinter ihr her. „Lin! Lin, bleib stehen, ich erkläre dir das." Vor ihrer Zimmertür hält sie endlich an und dreht sich zu mir um. „Auf diese Erklärung bin ich wirklich sehr gespannt", grummelt sie und verschränkt ihre Arme vor der Brust.

„Das war … Das alles ist ewig her. Lange bevor ich dich kennengelernt habe. Sie ist immer hier herum gestreunert und hat sich an mich rangemacht. Mein Gott! Bei uns Jungs ist das eben anders, da schäumen die Hormone über, du bist total schwanzge… Ich meine, dein Hirn setzt einfach aus und du kannst den ganzen Tag an nichts anderes denken und nachts sowieso nicht."

„Hörst du eigentlich selber, was du da sagst? Das ist ekelhaft, Finley! Und ich hoffe, dass du jetzt in Kalifornien bleibst und Verantwortung übernimmst." Ohne ein weiteres Wort geht Lin in ihr Zimmer und schließt die Tür hinter sich.

Beim Abendessen ist Lin sehr gefasst und lässt sich nichts anmerken. Sie kichert mit Sari, scherzt mit meinen Brüdern und natürlich unterhält sie sich auch mit meinen Eltern. Nach dem Essen spielen wir Scrabble und als Sari ins Bett muss, zieht sich Lin ebenfalls zurück.

Mein Dad passt mich ab und zieht mich, unbemerkt von Mom, ins Büro.
„Sag mal, habe ich mich getäuscht oder war das heute Mittag die kleine Miller auf unserem Grundstück?"
Ich werde Dad nicht belügen und erzähle ihm warum sie hier war.
„Sie will dich erpressen. Hat sie Geld verlangt?"
„Nein, hat sich nicht. Erstens ist sie nie im Leben schwanger, ihr Bauch war ganz flach und sollte sie es doch sein, dann ganz bestimmt nicht von mir."
Dad überlegt, reibt sich den Nacken und das Kinn. „Ihr bleibt trotzdem Minderjährige, wenn sie darauf hinaus will ... Oh, Finley, ich hatte wirklich gehofft, dass die Sorgen mit dir nun endlich mal ein Ende haben. Du weißt, was los ist, wenn deine Mutter davon Wind bekommt?"
„Weiß ich. Sie reißt mir nicht nur den Kopf ab."

„Genau." Dad verzieht schmerzerfüllt sein Gesicht. „Es ist jedenfalls gut, dass du morgen wieder nach Helsinki fliegst. Sollte Mandy noch einmal auftauchen, kümmere ich mich um sie."

„Danke, Dad!" Ich umarme ihn. „Aber ich glaube das traut sie sich nicht, sie hat einen gewissen Ruf im Valley."

*

Linnea

Ich bin so geschockt, dass ich überhaupt nicht denken kann. Das gemeinsame Abendessen habe ich irgendwie überstanden und die Runde Scrabble auch. Danach bin ich gleich auf mein Zimmer geflüchtet.

Eigentlich mache ich ja alles mit mir selber aus, aber jetzt brauche ich einfach seelische Unterstützung. Wir haben Wochenende. Finnland ist 10 Stunden vor Kalifornien. Um Mitternacht wähle ich mit zitternden Fingern Tias Nummer. In den letzten Wochen haben wir uns nur kurze Nachrichten geschrieben und ich habe ihr einige Bilder geschickt. Es ist mir egal, was es kostet, heute muss ich mit ihr sprechen. Ganz gegen ihre Art hört sie mir aufmerksam und schweigend zu, bis ich alles berichtet habe.

„Ist denn das zu fassen!", regt sie sich auf, „nach allem, was du in den letzten Wochen geschrieben hast, hatte ich meine Meinung wirklich geändert und geglaubt, dass er ein guter Kerl ist. Aber gräme dich nicht, hörst du, Lin? Ich wäre auch auf ihn hereingefallen und sieh es positiv. Du hattest einen schönen, kostenlosen Urlaub und hast sogar noch ein bisschen Geld mit den Nachhilfestunden verdient. Du hast Leevi Tervo persönlich kennengelernt, mehr noch, du hast unter einem Dach mit ihm gewohnt und ihn fast nackt gesehen. Es gibt andere, die dafür töten würden, ich gehöre dazu."

Ich muss lachen. Tia hat es wirklich geschafft mich aufzumuntern.

„Aber wie soll es nun weitergehen? Was wird er tun? Wird er jetzt hierbleiben? Er muss bleiben, wenn er Vater wird."

„Hast du das Mädchen gesehen? Es müsste ja schon deutlich was zu sehen sein, wenn sie von ihm schwanger sein soll."

„Nein, ich habe sie nicht richtig gesehen. Nur ganz kurz von hinten, als sie weggegangen ist."

„Jetzt gibt es natürlich zwei Optionen. Entweder hat er das mit der Schwangerschaft schon geahnt oder gewusst und will deshalb aus Kalifornien verschwinden, oder es liegt ihm wirklich was an dir und er lässt für dich sein tolles Leben auf dem Weingut sausen."

„Ja, und ich blöde Kuh habe mir eingebildet, Letzteres wäre der Fall."

Ich bin total traurig und enttäuscht.

*

Finley

In meiner letzten Nacht auf *Ward Vineyard* mache ich kein Auge zu. Vielleicht lässt Linnea morgen die Bombe platzen und will wirklich alleine nach Helsinki fliegen? Wie soll ich das meinen Eltern erklären? Ich kann nur hoffen und beten, sonst bin ich geliefert.

Aber es passiert nichts dergleichen, auch während des gemeinsamen Frühstücks nicht. Lin sieht so traurig aus, dass es mir das Herz zerreißt.

Bei unserem Abschied vergießt Sari wieder Krokodilstränen. Zuerst hängt sie an mir, dann an Linnea.

„Ihr dürft nicht wegfahren, bitte Linny! Warum bleibt ihr nicht hier? Du kannst doch auch hier zur Schule gehen. Kann sie doch, nicht wahr, Dad?" Sari dreht sich um und schaut unseren Vater an. Dieser reagiert sofort, zieht Sari zu sich und nimmt sie auf den Arm.

„Zuckerschnute. Schluss jetzt mit dem Theater. Linnea kann uns jederzeit wieder besuchen kommen, aber ihr Zuhause ist nun mal in Finnland." Dann setzt er Sari ab und drückt Linnea an sich. „Wir erwarten dich in den Weihnachtsferien und deine Eltern bringst du dann auch gleich mit. Was sagst du dazu?"

Linnea ist schon wieder rot und verlegen, lässt sich vor der Familie aber Gott sei Dank nichts von unserem Streit anmerken. „Ja, ähm, ich weiß nicht, danke für die Einladung, Herr Tervo, aber meine Eltern können sicher nicht mitkommen, weil ..."

Da schneidet ihr meine Mutter das Wort ab. „Papperlapapp", gestikuliert sie wild mit ihren Händen, „natürlich können sie mitkommen, das kann man alles arrangieren, es war für die Sommerferien zeitlich nur zu kurzfristig. Das milde Klima wird deinem Vater guttun. Überlass das einfach uns." Jetzt umarmt sie Linnea ebenfalls. „Ihr kommt zu Weihnachten, die Sache ist abgemacht!"

Das riecht mir hier doch gewaltig nach einem abgekarteten Spiel. Gerade so, als wollten sie Lin und mich verkuppeln?! Jedenfalls hat sich Sari einigermaßen beruhigt, meine Brüder und Dad grinsen und meine arme Lin ist von Moms Temperament mal wieder völlig überrollt worden.

Kapitel 23

Das Blatt soll sich wenden

Finley

Linnea spricht den ganzen Flug über kein Wort mit mir. Tante Mirja und Onkel Daniel erwarten uns schon am Flughafen, als wir in Helsinki landen. Mirja schließt Linnea sofort in die Arme. „Wie schön, dass ihr wieder da seid." Sie rückt ein bisschen von ihr ab. „Wie gut du aussiehst! Richtig erholt. Und braun geworden bist du auch. Hast du ein bisschen zugenommen? Das steht dir ausgezeichnet."

Onkel Daniel hat mich schon begrüßt und jetzt ist Linnea an der Reihe. „Was redest du denn da. Linnea sieht wunderschön aus. Sie strahlt wie eine frisch erblühte Rose." Sofort wird Linnea knallrot.

„Du kommst mit zu uns, Linnea", schaltet sich meine Tante gleich wieder ein. „Ich habe mit deinen Eltern telefoniert. Sie machen sich Sorgen um dich und möchten nicht, dass du alleine in der Wohnung bleibst, solange sie noch in der Reha sind und das passt bei uns ganz wunderbar. Das Zimmer von Elias ist jetzt ohnehin leer, seitdem er sein Studium in Kanada angetreten hat. Was sagst du dazu?"

Linnea wirft mir einen fragenden Blick zu und ich kann ihre Gedanken förmlich erraten: Hast du das eingefädelt? Vermutlich möchte sie lieber allein in dieser öden Wohnung hocken, als in meiner Nähe zu sein. „Ich habe nichts damit zu tun", sage ich deshalb und hebe abwehrend meine Hände.

„Ist irgendetwas nicht in Ordnung?", fragt meine Tante und lässt ihren Blick zwischen uns hin- und her schweifen.

„Nein, Frau Edlund, es ist alles in Ordnung. Wenn meine Eltern das so haben wollen, nehme ich Ihre Gastfreundschaft gerne an."

„Fein", sagt meine Tante und klatscht begeistert in die Hände. „Ich freue mich, mir war unser

Haus sowieso viel zu leer in den letzten Wochen. Und bitte, hör endlich auf mich Frau Edlund zu nennen, mit deinen Eltern bin ich schon lange per Du."

Hier scheint ja wirklich eine Menge passiert zu sein.

*

Obwohl Linnea immer noch sauer auf mich ist, kann ich sie überreden, das Zimmer mit mir zu tauschen. Sie nimmt das von Jaana, die immer noch in London studiert, und ich nehme das Zimmer von Elias. Das ist mir lieber, denn er hat ein echtes „Jungszimmer", so wirklich wohl habe ich mich in Jaanas Himmelbett nie gefühlt, obwohl meine Tante den Stoffvorhang abgenommen hatte.

Lin lässt mich weiterhin schmoren. Sie redet nur das Nötigste mit mir und ignoriert mich den Rest der Zeit. Natürlich essen wir gemeinsam mit den anderen, wir fahren zusammen mit dem Bus zur Schule und erledigen die Hausaufgaben nachmittags zusammen, aber mehr auch nicht.

Ansonsten hängt sie viel mit Helena herum und ich helfe meinem Onkel in der Werkstatt.

Ehrlich gesagt, bewundere ich sie für ihre Beherrschung und Beharrlichkeit. Allerdings wird es mir nach ein paar Tagen doch zu bunt und auf dem Heimweg von der Bushaltestelle platzt mir der Kragen. „Okay, Lin, wie lange willst du das noch durchziehen? Soll das jetzt ewig so weitergehen? Was soll ich tun? Was willst du hören?", ich greife nach ihrem Arm und schaue ihr fest in die Augen.

„Wie kannst du mit einem Mädchen schlafen, das du gar nicht liebst?"

Aha, das war also ihre dringendste Frage. Ich sacke ein wenig zusammen, denn sie wird es nicht verstehen, wie soll ich ihr das nur erklären?

„Ich war jung, dumm, übermütig, ich musste alles ausprobieren, ich wollte der tolle Hecht sein, der jede haben kann, ein Großkotz eben. Und ich habe Mandys naive Art ausgenutzt, obwohl sie es wirklich darauf angelegt hat, aber all das würde ich heute doch nicht mehr tun. Diese Zeiten sind vorbei. Ich bin 17 Jahre alt und ich finde, ich habe für mein Alter schon verdammt viel gelernt." Ich trete näher an sie heran, bevor ich viel leiser wie zuvor weiterspreche: „Seitdem ich dich kenne, Lin, ist alles anders … Ich habe mich verändert. – Du hast mich verändert."

Mein Herz pocht wild in meiner Brust. Ewig schauen wir uns fest in die Augen, als wäre es ein Wettkampf, wer zuerst blinzelt, bis sie endlich sagt: „Das hoffe ich."

Habe ich mich verhört? Zunächst kann ich es gar nicht glauben, aber dann erkenne ich ein zartes Schmunzeln auf ihrem Gesicht. Ein Fels fällt mir vom Herzen. Erst jetzt bemerke ich, dass ich meinen Atem angehalten habe und lasse ihn langsam entweichen. Es ist mir egal, dass wir mitten auf dem Bürgersteig stehen. Es ist mir egal, ob uns jemand sieht, ich ziehe Lin in meine Arme und drücke sie an mich. Gott, habe ich das vermisst. Sie lässt es geschehen, weicht nicht zurück. „Ich bin total verliebt in dich, Lin", flüstere ich in ihr Ohr.

*

Linnea

Ich bin so froh, dass zwischen Fin und mir alles wieder gut ist. Die letzten Tage und Nächte waren die Hölle. Natürlich bin ich nicht so töricht zu glauben, dass Fin vor mir noch keine anderen Mädchen hatte, das nicht, aber zu hören, wie diese Mandy behauptet hat, von ihm schwanger zu sein, das hat mich umgehauen. Sollte er Vater werden, würde das alles ändern. Aber er hat ja beteuert, dass das nicht sein kann. Jedenfalls musste ich die vielen Gedanken erst einmal sortieren, aber jetzt ist alles wieder im Lot und ich glaube ihm wirklich, dass er sich verändert hat. Das hat mir Helena auch bestätigt. Außerdem habe ich ausführlich mit Tia darüber beratschlagt und selbst sie, die ja nie ein großer Fan von ihm war, ist zu dem Entschluss gekommen, dass er es ehrlich mit mir meint.

„Ich muss mir ein paar wärmere Sachen aus der Wohnung holen. Für kurze Hosen ist es hier schon wieder zu kalt."

„Soll ich mitkommen?", fragt Finley.

Scheinbar aus alter Gewohnheit habe ich schon ein Nein auf den Lippen, besinne mich aber doch noch. Finley weiß alles über mich. Ich vertraue ihm, er hat meine intimsten Stellen berührt, es gibt also keinen vernünftigen Grund ihn abzuwimmeln. Ganz im Gegenteil, es wäre total albern. Da es zu lange dauert, bis ich ihm antworte, sagt er: „Ich kann auch unten warten, wenn dir das lieber ist. Aber wir könnten mit den Fahrrädern fahren, solange das Wetter es noch zulässt."

„Ja, das ist eine gute Idee. Ich bin gerne an der frischen Luft und du kannst auch mit reinkommen." Ich schaue ihm in die Augen. Er nickt und lächelt mich glücklich an.

Je näher wir unserer Wohnungstür kommen, desto langsamer werden meine Schritte. Als ich den Schlüssel ins Türschloss stecke, überfällt mich plötzlich eine panische Angst. Sobald ich die Tür öffne und die Wohnung betrete, wird alles wieder so sein wie früher und das will ich nicht. Das will ich auf keinen Fall! Nie mehr! Die letzten sechs Wochen waren die schönsten in meinem ganzen Leben. Ich will nicht zurück in mein Altes. Fin scheint meine Bedenken zu spüren. „Ich kann die Sachen für dich rausholen", sagt er leise hinter mir.

Ich hole tief Luft. „Nein, es geht schon." Entschlossen drehe ich den Schlüssel herum.

Meine Sachen hängen mit im Kleiderschrank meiner Mutter. Deshalb steuere ich ihr Schlafzimmer an und öffne den Schrank. Finley reicht mir die mitgebrachte Sporttasche und ich stopfe zwei Jeans, drei Pullover, eine Jogginghose, Socken und etwas Unterwäsche hinein. Meine Lieblingsboots sollen noch mit. Die hole ich aus dem Garderobenschrank und stecke sie in eine Plastiktüte. Finley hat die ganze Zeit über kein Wort gesagt. „Und, wie findest du die Wohnung?", frage ich ihn. Er schaut sich um, wirft einen Blick in das Pflegezimmer meines Vaters und ins Wohnzimmer, weil überall die Türen offen stehen.

„Sehr düster. Irgendwie bedrückend." Ich nicke. „Ja, genau so ist es auch. Ich habe alles. Lass uns verschwinden."

Ich kann nicht schnell genug wieder hinauskommen. Als wir im Flur stehen und ich die Wohnungstür abschließe, legt Finley mir seine Hand auf die Schulter. „Wir tun alles was möglich ist, damit du nie wieder in diese Wohnung einziehen musst. Die groben Arbeiten im Haus sind jetzt abgeschlossen und ab Montag lässt

Mom sämtliche Gewerke gleichzeitig antreten, damit so schnell wie möglich alles fertig wird."

„Wirklich?", ich drehe mich zu ihm um und sehe ihn an. Er nickt und strahlt. „Ja, ganz wirklich. Willst du es schon mal sehen?"

Ich kann mein Glück gar nicht fassen, wir werden also tatsächlich in Grannys altes Haus einziehen! Das alles ist so unwirklich, aber wenn ich es einmal gesehen habe, kann ich es vielleicht eher glauben. „Wenn das möglich ist, sehr gern!"

„Klar, komm, wir radeln hin. Ich habe heimlich Daniels Zweitschlüssel stibitzt." Finley greift in seine Hosentasche und lässt einen Schlüssel vor meinen Augen baumeln.

Finley stürmt auf den Eingang des Hauses zu, aber ich bleibe wie angewurzelt auf dem Bürgersteig stehen. Das ist es also, Grannys Haus. Es ist weder besonders groß, noch sonst irgendwie aufsehenerregend, aber trotzdem lässt es mein Herz sofort höherschlagen. Mein Blick fällt auf den kleinen Anbau, der sich auf der linken Seite erstreckt. Das muss Grannys ehemaliges Atelier sein. Durch Monas Bücher kann ich mir alles ganz genau vorstellen.

„Kommst du?", ruft Finley ungeduldig und tritt von einem Bein auf das andere, bevor er zu mir zurückkommt. „Was ist? Worauf wartest du?"

Ich schüttele meinen Kopf und zucke mit den Schultern. „Das ist also wirklich Grannys Haus", sage ich andächtig.

„Ja, wir werden den alten Kasten noch ein bisschen aufpeppen und dann wird es dir schon gefallen."

„Was? Bist du verrückt geworden? Das Haus ist wunderschön so wie es ist. Und am schönsten sind die Geschichten, die es in sich trägt."

Finley mustert mich und greift nach meiner Hand. „Nun komm schon, wir gehen erst mal rein."

Über eine kleine Treppe gelangen wir ins Haus und landen in einem Flur. Finley führt mich durch die Küche ins Atelier. „So und hier wird das Zimmer für deinen Vater eingerichtet", erklärt er mir wichtig.

„Ja, das weiß ich doch schon." Ich bemerke, dass er mich von der Seite angrinst, hinter mich tritt und seine Arme um mich schlingt. „Weißt du auch, was hier passiert ist?", haucht er mir ins Ohr und küsst mein Ohrläppchen, was einen wohligen Schauer durch meinen Körper fließen lässt.

„Natürlich weiß ich das. Granny hat hier gearbeitet. Sie hat hier genäht und ihre Kunden bedient. Hat ihnen Stoffe gezeigt und Anproben durchgeführt."

„Hmhm", raunt er und drückt sich noch ein bisschen fester an mich. „Und hier hat Gregory sie verführt."

„Gar nicht wahr", empört fahre ich herum und schlinge meine Arme um seinen Hals. „Du lügst, ohne rot zu werden. Sie haben sich hier geküsst, ja, aber mehr ist nicht passiert."

„Du glaubst also wirklich nur das, was Mona in ihren Büchern verewigt hat? Ist doch klar, dass die schmutzigen Details ausgelassen wurden." Er zwinkert mir zu und küsst mich stürmisch. „Gregory war total scharf auf sie, kein Mann wäre hier unverrichteter Dinge wieder abgezogen. Also ich kann mir gut vorstellen, dass Josephines großer Schneidertisch auch für andere Aktivitäten ganz praktisch war."

„Finley!", ermahne ich ihn halbherzig empört, schnappe nach Luft und boxe leicht gegen seine Schulter. „Du vergisst, dass sie gestört wurden, erst von einer Kundin und dann von dem Bruder deiner Oma."

Finley schüttelt seinen Kopf. „Ich bin mir nicht sicher, ob ich es gut finde, dass du so viel über meine Familie weißt."

„Also ich finde es gut, das erspart dir lange Erklärungen und so bleibt mehr Zeit für uns."

*

Es ist einfach wunderbar bei den Edlunds zu wohnen. Viel, viel ruhiger wie bei den Tervos in Kalifornien, aber trotzdem herrscht eine so heitere Atmosphäre, die mir einfach nur guttut. Mit Helena habe ich mich richtig gut angefreundet und wenn sie mich noch ein bisschen weiter bearbeitet, fange ich das Hockey spielen vielleicht doch noch an.

Das neue Schuljahr hat bereits begonnen. Fin und ich sind uns einig, dass wir von Anfang an hart arbeiten werden, um ja keine Lücken aufkommen zu lassen. Es freut mich, dass er so einen Ehrgeiz entwickelt. Ein paar schnelle, heimliche Küsse können wir immer austauschen, aber zu mehr kommt es im Haus seiner Tante natürlich nicht. Ich würde im Erdboden versinken, wenn uns jemand erwischen würde.

Und dann kommt der Anruf, vor dem ich mich gefürchtet habe. Am Wochenende kommen meine Eltern aus der Reha zurück. Ich bin gemein und böse, ich weiß, aber mir graut davor. Ich will nicht zurück in mein altes Leben. Ich will nicht zurück in diese düstere Wohnung. Ich will nie mehr auf diesem alten Sofa schlafen. Aber Grannys Haus ist noch nicht ganz fertig, also muss ich wohl. Mit Mirja war ausgemacht, dass ich hier wohnen kann, bis meine Eltern wieder zurückkommen, also welchen vernünftigen Grund sollte ich vorschieben, weiter hier wohnen bleiben zu können? Natürlich bemerkt Fin meine gedrückte Stimmung.

„Wollen wir heute Nachmittag noch mal zum Haus fahren und nachsehen wie weit alles vorangeschritten ist? Ich bin so gespannt. Lange kann es jetzt wirklich nicht mehr dauern", versucht er mich aufzuheitern. Ich nicke zustimmend.

Ich schiebe die Sache vor mir her. Einen Tag um den anderen, aber am Freitag wird es höchste Zeit, die Wohnung einmal gründlich durchzulüften und Staub zu wischen, schließlich stand sie wochenlang leer. Und Lebensmittel muss ich natürlich auch einkaufen.

„Ich komme mit und helfe dir", sagt Fin, als ich ihm erzähle, dass ich zur Wohnung will.

„Ich helfe auch", sagt Helena, die gerade ihren Kopf zur Zimmertür hereinstreckt. Ich muss lachen, sie ist immer so spontan. „Aber du weißt ja gar nicht, um was es geht", entgegne ich ihr.

„Macht doch nichts", lacht sie mich an, „helfen ist immer gut und ich lasse mich gerne überraschen."

Fin wirft mir einen fragenden Blick zu. Vermutlich überlegt er sich schon, wie wir sie davon abhalten können. Aber ich finde die Vorstellung ganz wunderbar, die starke, lustige Helena mitzunehmen. Vielleicht gelingt es durch ihre bloße Anwesenheit, ein besseres Gefühl in die Wohnung zu bringen. „Gut, du kannst mitkommen und Staub wischen", sage ich und nicke ihr aufmunternd zu.

Also machen wir uns zu dritt mit den Fahrrädern auf zur Wohnung. Zuerst reißen wir alle Fenster auf. Helena und ich wischen Staub und Finley übernimmt das Saugen. Nach einer Weile fragt sie mich gerade heraus, wo denn mein Zimmer sei. „Ich habe keins", antworte ich ihr wahrheitsgemäß.

„Wie du hast keins?", ungläubig starrt sie mich an. „Das Pflegebett von meinem Vater steht in meinem alten Kinderzimmer. Woanders ist kein Platz dafür."

„Ja, aber ... Wo schläfst du denn?"

„Im Wohnzimmer, auf dem Sofa", sage ich so gleichmütig wie möglich, obwohl meine Wangen ganz warm werden und ich meinen Blick abwenden muss. Helena schnauft laut, ich kann förmlich sehen, wie die Gedanken und Worte in ihrem Kopf herumwirbeln und bin gespannt, was sie sagen wird. Aber zu meiner Verwunderung sagt sie gar nichts. Sie atmet noch einmal ganz tief ein, macht sich kerzengerade, reckt ihr Kinn nach oben und setzt ihre Staubwischaktion beim Wohnzimmerschrank fort. Mir ist klar, dass es in ihr arbeitet wie in einem brodelnden Vulkan, aber sie hat sich verdammt gut unter Kontrolle. Nachdem wir mit dem saubermachen fertig sind, schließen wir die Fenster wieder und erledigen noch die Lebensmitteleinkäufe. Als wir unsere Fahrräder damit beladen, hält Fin einen Blumenstrauß in der Hand.

„Was soll das denn?", frage ich ihn und deute auf den Strauß.

„Für eure Wohnung. Deine Mutter freut sich doch bestimmt über Blumen, oder meinst du nicht?"

„Ja, klar doch. Daran habe ich gar nicht gedacht."

*

Finley

Am Abend sitze ich in meinem Zimmer und lerne, als ich laute Stimmen höre. Neugierig gehe ich in die Küche und werde Zeuge eines heftigen Ausbruchs von unserem Vulkan St. Helena. Sie beschreibt ihrer Mutter mit aller Nachdrücklichkeit, mit welch unmöglichen Wohnumständen Linnea zurechtkommen muss und dass sie auf gar keinen Fall, unter keinen Umständen, zurück in diese Wohnung kann. Ich glaube, sie haben mich gar nicht bemerkt und ich will mich gerade wieder davonschleichen, als Helena sagt: „Oder siehst du das anders, Finley?"

Ertappt lasse ich meine Schultern sinken, denn ich kenne Helenas Diskussionsbegeisterung. „Nein, ich sehe es genau so wie du und ich weiß, dass Linnea regelrecht Angst davor hat, diese Wohnung zu betreten."

„Na bitte, da hörst du es", trumpft Helena auf, „wir können Linnea nicht zurück in dieses trostlose Loch lassen. Kein Wunder, dass sie dort verkümmert ist wie eine Pflanze ohne Wasser. Da bekommt man ja nach fünf Minuten schon Depressionen."

„Jetzt mach mal halb lang", versucht Tante Mirja ihre Tochter zu beruhigen, „ich war auch schon in der Wohnung, bis das mit dem Pflegedienst reibungslos geklappt hat, so schlimm wie du es darstellst, ist es nun auch wieder nicht."

„Nein! Nur über meine Leiche wird Linnea wieder in diese Wohnung ziehen. Sie bleibt bei uns, bis das Haus fertig ist. Punkt. Aus. Ende!"

„Zügel deine Worte, Fräulein Edlund, du stehst hier nicht auf dem Hockey-Feld", erwidert meine Tante und wird ebenfalls etwas lauter.

„Bitte! Seid nicht so laut. Nicht, dass Linnea euch hört."

„Aber Finley, du kannst doch nicht zulassen, dass sie zurück in dieses Loch muss", raunt mir

Helena ins Ohr, „sie hat dir in der Schule den Arsch gerettet, du könntest ruhig mal ein bisschen mehr Einsatz zeigen."

„Jetzt beruhigt euch mal, ich lasse mir etwas einfallen", sagt meine Tante und scheucht uns aus der Küche.

*

Am Samstag gegen 14 Uhr soll ein Krankentransport Linneas Eltern nach Hause bringen. Ich klopfe, bevor ich ihr Zimmer betrete und warte auf ihr „herein". Sie stopft gerade missmutig ihre Sachen in die Sporttasche.

„Kann ich dir helfen?", frage ich, weil ich sonst nicht weiß, was ich sagen soll.

„Nein, danke, geht schon."

Ihr dicker Zopf baumelt vor ihrem Gesicht herum, sodass ich sie nicht richtig ansehen kann. Plötzlich taucht meine Tante auf.

„Linnea, wenn wir gegen 13 Uhr zur Wohnung fahren reicht das allemal. Ich komme mit dir. Deine Eltern müssen noch einige Formulare unterschreiben und mit dem Pflegedienst habe ich auch schon telefoniert, ab morgen Früh kommen sie dann wieder zu deinem Vater."

„Ja, gut, danke."

Linnea ist scheinbar bereit sich in ihr Schicksal zu fügen. Leevi, meine Eltern, Onkel Kimi, sämtliche Handwerker, alle haben ihr Bestes gegeben, damit es in Grannys Häuschen vorangeht und ein Großteil ist ja auch schon geschafft. Mona will nächste Woche kommen und die Räume einrichten. Onkel Daniel hat die Werkstatt mit alten Möbeln vollstehen, die er aufarbeitet und ich helfe ihm täglich nach den Hausaufgaben dabei so gut ich kann. „Es wird nur für ein paar Tage sein", versuche ich Lin zu trösten und nehme sie in meine Arme.

„Ja, ich weiß", sagt sie leise und schmiegt sich an mich. Sofort beginnt mein Herz zu rasen. Ich sehne mich so sehr danach, ihr wieder ganz nahe zu sein, ihre herrliche Haut zu berühren und sie endlos zu küssen. Das tue ich jetzt auch, ich küsse sie, wir küssen uns, und ein leises Stöhnen entkommt ihr. „Ich werde verrückt, wenn ich noch länger auf dich warten muss", flüstere ich. „Ich habe dich hier bei mir und doch können wir nicht richtig zusammen sein. Ich miete uns ein Hotelzimmer. Was hältst du davon?"

„Jetzt spinnst du total."

*

Linnea

Nur Mirja und ich fahren zu unserer Wohnung und warten über eine halbe Stunde, bis der Krankentransport mit meinen Eltern endlich ankommt. Ich flitze hinunter, um sie zu begrüßen. Mein Vater wird gerade mit seinem Rollstuhl die Rampe heruntergelassen. Als er mich erblickt, streckt er sofort seinen gesunden Arm nach mir aus: „Sternchen, endlich, ich habe dich so vermisst."

Ich laufe zu ihm und umarme ihn fest. „Papa, wie geht es dir? Du siehst viel, viel besser aus als vor meiner Abreise."

„Mir geht es gut, Liebes. Und dir? Du strahlst ja richtig. Sieh doch, Elsa, wie gut sich unser Sternchen erholt hat."

Ich drehe mich um und umarme meine Mutter. „Linnea! Gut siehst du aus, da hat Papa recht. Wie hat es dir in Kalifornien gefallen?"

„Es war einfach herrlich! Das Wetter ist immer schön und warm. Das Weingut ist gewaltig groß und erst das Strandhaus in Malibu", sprudelt es aus mir heraus. Ich erzähle noch auf der Straße von Finleys Eltern und Geschwistern, von unseren Ausflügen, von Mona und Leevi und, und, und. Dann fahren wir mit dem Aufzug nach oben und in der Wohnung werden meine Eltern von Mirja begrüßt. Ich gehe in die Küche, um für uns alle Tee zu kochen, lausche aber angestrengt was Mirja meinen Eltern erzählt.

„Also, ihr Lieben", sagt sie, „auch bei uns hat sich einiges getan, während ihr weg wart." Und dann beginnt sie ihnen von Grannys Haus zu erzählen. Alles bekomme ich nicht mit, aber als ich die Tassen gerade auf das Tablett stelle, höre ich, wie Mirja sagt: „Der Pflegedienst kann bis zu sechs Mal täglich kommen. Ihr solltet Linnea wirklich so weit wie möglich entlasten, sie braucht für das letzte Schuljahr ihre ganze Kraft und sehr viel Zeit, um den Schulstoff ordentlich vor- und nachzubereiten. Heute Abend helfe ich euch und ab morgen Früh kommt der Pflegedienst wieder."

Ich schnappe nach Luft, Mirja spricht mir aus der Seele. Ich zittere, als ich das Tablett mit den Teetassen ins Wohnzimmer balanciere.

Wir unterhalten uns noch eine ganze Weile, essen gemeinsam zu Abend und machen meinen Vater bettfertig. Als Mirja zum Aufbruch rüstet, sagt mein Vater: „Gute Nacht, Sternchen, schlaf gut und wenn du willst, kannst du morgen ja mal vorbeikommen."

Ich bin verwirrt. „Wieso sollte ich vorbeikommen?"

„Geh nur mit Mirja", ergreift meine Mutter jetzt das Wort, „bei ihr hast du ein vernünftiges Bett. Das ist bestimmt bequemer als unsere alte Couch."

„Es macht mir nichts aus, wirklich nicht", lüge ich verdattert.

„Geh ruhig, Sternchen", nickt mein Vater mir zu, „wir kommen zurecht und so wie ich höre, ziehen wir ja bald in ein großes Haus, da sind wir alle wieder zusammen."

Ich bin vollkommen überwältigt und kämpfe mit den Tränen. „Ja, wenn ihr meint, dann bleibe ich bei den Edlunds, bis das Haus fertig ist. Ich hätte sowieso noch ein Kapitel Geschichte mit

Finley zu lernen." Mirja nickt mir aufmunternd zu.

„Ja, mach das, wir sind sehr stolz auf dich, Sternchen", sagt mein Vater und will noch eine Umarmung haben, bevor wir uns auf den Weg machen.

Kapitel 24

Trautes Heim

Finley

Zur Hausbesichtigung sind alle Tervo Enkel angereist. Onkel Kimi, der als Architekt alles geplant hat und mein Dad, der vor ein paar Tagen aus Kalifornien hergekommen ist. Leevi und Mirja sind ohnehin da. Außerdem ist Onkel Daniel mit dabei und natürlich Mona, die das Haus eingerichtet hat. Helena hat sich uns auch noch angeschlossen. Sie will Leevi zu einem kleinen Video überreden, indem er ihre Hockeymannschaft anfeuert. Das Gekreische der Mädels kann ich mir schon lebhaft vorstellen, wenn sie das postet. Meine Mom lässt sich entschuldigen, schließlich müsse ja wenigstens einer in der Familie für den Lebensunterhalt sorgen und den restlichen Tervo Nachwuchs in Schach halten. Sie erwarte aber gespannt ein Video von der Besichtigung.

Ein Krankentransport bringt Linneas Eltern zum Grundstück und nachdem sich alle vorgestellt haben, betreten wir das Haus nicht über die kleine Treppe, sondern starten die Hausbesichtigung in Grannys altem Atelier. Über eine Rampe kann Herr Holmqvist mit dem Rollstuhl bequem hineingeschoben werden. Zuerst schauen wir uns das Zimmer an, das für Linneas Vater eingerichtet wurde. Was für ein Glück, dass heute die Sonne scheint. Der Raum ist lichtdurchflutet, natürlich zweckmäßig, aber dennoch schön eingerichtet. Mona hat einen alten Holzschrank integriert und auch die Regale von Granny belassen. Diese wurden mit Schiebetüren aus Milchglas zu praktischen Schränken für allerlei benötigte Hilfsmittel umfunktioniert, die Frau Holmqvist gerade bestaunt. Gleich nebenan befindet sich die Küche. Sie wurde mit modernster Technik aufgerüstet, hat aber ihren alten Charme nicht verloren. Noch während wir die untere Etage in Augenschein nehmen, fängt Frau Holmqvist an zu weinen. Natürlich ist mein Patenonkel Leevi sofort zu Stelle, um sie in seine starken Arme zu nehmen und zu trösten. Wie sollte es auch anders sein. Leevi tröstet doch immer alle.

*

Linnea

Als Nächstes gehen wir nach oben und besichtigen Moms künftiges Schlafzimmer. Es ist mit hellen Möbeln eingerichtet und eine Wand hinter dem Bett ist mit einer Blumentapete in dezentem altrosa dekoriert. Außerdem hat Mona eine alte Kommode von Granny hineinstellen lassen. Fast bin ich ein bisschen neidisch. Wenn ich mir vorstelle, dass Josephine ihre Sachen darin aufbewahrt hat, bekomme ich eine dicke Gänsehaut. Ich kann es nicht erklären, weil ich es ja selber nicht verstehen kann, warum ich eine so starke Verbindung zu Granny verspüre. Schließlich habe ich sie nie persönlich kennengelernt. Es ist verrückt, aber es ist einfach so. Und erst ganz zum Schluss kommt mein Zimmer dran. Eigentlich bekomme ich zwei Zimmer. Es sind die alten Kinderzimmer von Finleys Oma und dessen Bruder. Kimi hat daraus ein großes Zimmer machen lassen. Mein Schlafbereich ist durch eine Bücherwand abgetrennt und im vorderen Bereich habe ich einen großen Sessel bekommen. Unter dem Fenster steht ein riesiger Tisch. Mona geht darauf zu und streicht zärtlich über dessen Oberfläche. „Das hier ist Grannys alter Nähtisch aus dem Atelier", erklärt sie uns gerade. „Eigentlich hatte ich den Sekretär für dein Zimmer vorgesehen, aber als du gesagt hast, dass du einen großen Schreibtisch und viel Platz brauchst, ist mir diese Idee gekommen. Granny hat an diesem Tisch viele Stunden verbracht. Stoffe zugeschnitten, Kleider und Röcke gesäumt und an diesem Tisch hat sie Gregorys Anzüge genäht." Monas Stimme bricht weg und sie fängt an zu weinen. Sofort ist Leevi an ihrer Seite, um sie in seine Arme zu nehmen. Der Tisch ist wunderschön. Ich trete näher heran, um ihn berühren zu können. Er weist immer noch Gebrauchsspuren auf, auch wenn Daniel ihn hergerichtet und aufpoliert hat. In Gedanken sehe ich Josephine, wie sie sich konzentriert über eine Näharbeit beugt. Auf jeden Fall will ich ein Bild von ihr in meinem Zimmer aufhängen. Der Duft von warmem Bienenwachs steigt mir in die Nase und dann laufen auch mir die Tränen. Klar, wer mich jetzt in die Arme nimmt, da Leevi immer noch mit Mona beschäftigt ist. Fin ist seinem Patenonkel wirklich sehr ähnlich. Er murmelt mir irgendetwas ins Ohr, aber ich verstehe es nicht. „Was hast du gesagt?", frage ich schnell nach, als sich der Rest der Besichtigungstruppe wieder auf dem Flur aufhält.

„Ist das nicht eine unfassbare Fügung, dass Grannys alter Nähtisch jetzt in deinem Zimmer steht?"

Er zwinkert mir mit blitzenden Augen zu und grinst. Ich schaue ihn nur schräg von unten an und er bricht in schallendes Gelächter aus.

*

Finley

Was für ein aufregender und tränenreicher Tag! Freudentränen und Tränen der Rührung wohlgemerkt. Ich hoffe wirklich sehr, dass sich die Holmqvists hier wohlfühlen werden und ich bin meiner Familie unendlich dankbar, dass sie dies alles möglich gemacht haben und auch auf lange Sicht möglich machen werden. Tante Mirja hat großartige Überzeugungsarbeit geleistet und alle nötigen Formulare für Zuschüsse usw. besorgt. Außerdem ist es Linnea und mir immer noch ein Rätsel, wie sie es fertiggebracht hat, dass Linneas Eltern, ohne großes Gezeter, den Mietvertrag mit 1,- Euro monatlicher Miete unterschrieben haben. Wir sind jetzt wieder im Parterre angekommen und versammeln uns alle in der Küche. Leevi hat Unmengen von Essen bestellt und den großen Kühlschrank bis zum Bersten füllen lassen. Gerade lässt er, unter großem Jubel der anderen, den zweiten Sektkorken quer durch die Küche fliegen. Sogar Frau Holmqvist lacht und klatscht begeistert in die Hände. Auf den ersten Blick hatte ich sie als reserviert, unterkühlt und schwierig eingeschätzt, aber seit Leevi sie getröstet hat und jetzt schon eine Weile bespaßt, ist sie echt aufgetaut. Typisch Leevi, mit seinem Charme wickelt er einfach jede um den kleinen Finger. Ich könnte wetten, dass er seine Gitarre im Kofferraum liegen hat und die irgendwann auch noch auspackt. Wenn er anfängt zu singen, ist die Damenwelt sowieso hin und weg. Ich lache vor mich hin und schüttele meinen Kopf. Mein Patenonkelchen hat es einfach drauf.

Alle Enkelkinder erzählen lustige Anekdoten, die sie hier als Kinder bei ihrer Granny erlebt haben. Gerührt bringt Mona einen Toast auf Granny aus und alle stimmen mit ein. „Auf Granny!" Es verspricht ein langer, feuchtfröhlicher Abend zu werden. Bestimmt ein gutes Omen für das neue Zuhause der Holmqvists. Was mir allerdings gerade schmerzlich bewusst wird, ist, dass Lin heute Nacht hierbleibt. Der Gedanke, dass ich nicht mehr Wand an Wand mit ihr einschlafen kann, gefällt mir gar nicht.

In einem unbemerkten Augenblick winkt mich Herr Holmqvist zu sich und reicht mir noch einmal seine linke Hand. Er zieht mich ein Stückchen zu sich hinunter und flüstert leise: „Was Sie und Ihre Familie für uns tun ist überwältigend und unfassbar, junger Mann, aber am meisten danke ich Ihnen, dass Sie meinem Sternchen ihr Strahlen zurückgebracht haben. Das wollte ich Ihnen unbedingt sagen, und natürlich auch, dass Sie uns jederzeit herzlich willkommen sind, Finley."

Oh Mann, was soll ich darauf antworten? „Danke", nuschele ich nur und kratze mich verlegen im Nacken. Nach all den Tränen, die heute schon geflossen sind, habe ich jetzt auch einen gewaltigen Kloß im Hals.

Lin kommt zu uns herübergeschlendert. „Na, was habt ihr denn zu besprechen? Oder gibt es gar Geheimnisse?"

Herr Holmqvist und ich schütteln gleichzeitig unsere Köpfe.

„Wir haben doch keine Geheimnisse, Sternchen", antwortet Herr Holmqvist mit seiner heiseren Stimme. Lin stellt sich neben mich und lässt ihre Hand in meine Gesäßtasche wandern. Ich ziehe scharf die Luft ein und halte sie kurz an. Was soll das? Was tut sie da? Ich werfe ihr einen Seitenblick zu und sehe, dass sie grinst und unauffällig an ihrer Unterlippe nagt. Lass das, hätte ich ihr jetzt gerne ins Ohr geraunt. Sie weiß doch ganz genau, dass mich das wahnsinnig macht.

„Dann ist es ja auch nicht weiter schlimm, wenn ich dir Finley für einen Moment entführen muss, Dad. Er soll mir rasch etwas helfen, danach könnt ihr wieder weiter plauschen", meint sie und wir verdrücken uns nach oben.

* * *

Kapitel 25

Geburtstag

Finley

Nach drei Wochen sind wir ein eingespieltes Team. Wenn Frau Holmqvist Mittelschicht hat, sausen Lin und ich nach der Schule nach Hause. Manches Mal ist schon etwas zum Mittagessen vorbereitet und wir müssen es nur aufwärmen, wenn nicht, kochen wir etwas und dann essen wir gemeinsam. Seit der Reha kann Herr Holmqvist seinen rechten Arm wieder mehr bewegen und mit seinen Fingern auch greifen. Die Fleischportion schneiden wir ihm klein, aber ansonsten kann er selbstständig essen und trinken. Auch wenn es noch langsam und etwas mühsam geht, ist ihm deutlich anzumerken, wie sehr ihn das freut. Damit sich keine Verschlechterung einstellt und vielleicht sogar noch besser wird, wird er zweimal pro Woche für die Physiotherapie abgeholt oder es kommt ein Therapeut zu ihm ins Haus. Das mit dem Pflegedienst funktioniert ebenfalls prima und stellt für Lin und ihre Mutter eine große Entlastung dar. Herr Holmqvist und ich verstehen uns prächtig. Er hat mir das Du angeboten und ich darf ihn Elton nennen. Ab und zu spielen wir Schach oder er möchte etwas über den Weinanbau von mir wissen. Zuerst dachte ich, er fragt nur aus Höflichkeit, um ein Gesprächsthema zu finden, oder freut sich einfach über eine Ablenkung, aber es scheint ihn wirklich sehr zu interessieren, sogar ein Fachbuch musste ich ihm besorgen. In den Weihnachtsferien möchte er unbedingt mit nach Kalifornien kommen. Ist das nicht herrlich? Meine Eltern werden das möglich machen, ganz bestimmt.

Nach dem Mittagessen helfe ich ihm in sein Bett, damit er seinen Mittagsschlaf halten kann. Meistens schläft er für zwei Stunden. Diese Zeit nutzen Lin und ich natürlich ausschließlich zum Lernen ... ;-)

Ganz oft backen wir in der neuen Küche auch Linneas Lieblingskekse. Ab und zu gehen wir ins Kino oder eine Kleinigkeit essen. Alles ist super, aber in letzter Zeit kommt bei mir häufiger so etwas wie Heimweh auf. Nächste Woche Samstag steht mein 18ter Geburtstag an und den würde ich natürlich gerne Zuhause mit meiner Familie und meinen Freunden feiern. Geburtstage werden bei uns immer groß gefeiert. Einmal mit der Familie und dann noch einmal mit Freunden. Vielleicht sollte ich wirklich ein Hotelzimmer für Lin und mich reservieren? So könnte ich mir meinen 18ten Geburtstag auch vorstellen. Aber irgendetwas ist im Busch, das spüre ich. Linnea rennt mit geröteten Wangen herum wie ein aufgescheuchtes Huhn und telefoniert auffallend oft mit Mona. Als sie mich am Freitag dann auch noch bittet, sie morgen um 19:30 Uhr abzuholen und mich schick zu machen, ist mir klar, dass uns meine Pateneltern zum Essen einladen werden.

Nachdem mir die Edlunds am Vormittag schon einen tollen Geburtstagsbrunch bereitet, und ich mit meinen Eltern, Geschwistern und Yuma telefoniert habe, freue ich mich jetzt noch auf einen super Abend. Ich wähle eine neue schwarze Jeans, schwarzes Sakko und ein weißes Hemd. Damit kann ich nichts falsch machen, wenn uns Leevi in sein Lieblingsnobelrestaurant ausführt.

Auf mein Klingeln öffnet Frau Holmqvist. „Hallo, Finley! Alles Gute zum Geburtstag", gratuliert sie mir. „Linnea braucht noch ein paar Minuten, komm doch solange mit mir in die Küche. Möchtest du etwas trinken?"

„Nein, danke", lehne ich höflich ab. Wir werden sowieso gleich gehen, denke ich mir. Im nächsten Augenblick höre ich auch schon Absätze auf der Treppe klappern und dann fliegt mir Linnea in die Arme. Sie trägt das sagenhafte rosa Kleid von Malibu und hat ihr Haar aufgesteckt. Sofort rast mein Herz wie verrückt. „Happy Birthday", raunt sie mir ins Ohr. Was würde ich dafür geben jetzt mit ihr alleine zu sein. Plötzlich geht das Licht aus und mehrere Stimmen brüllen: „Happy Birthday!" Dann dröhnt Stevie Wonders Happy Birthday durchs Haus und meine Geschwister stürmen auf mich zu. Dad trägt eine Torte mit brennenden Kerzen herein. Mom taucht auf und Mona, sie küssen und umarmen mich. Leevi schiebt Elton im Rollstuhl heran. Tia ist da, Mirja, Daniel, Helena und sogar Elias, der gerade Semesterferien hat. Ich hätte schwören können, auch Yumas Lachen gehört zu haben, entdecke ihn aber nicht. „Wo kommt ihr denn alle her?", frage ich völlig überrumpelt in die Menge.

„Aus Kalifornien natürlich, du Schnelldenker", ertönt es da aus Richtung Wohnzimmer. „Yuma!?" Ich traue meinen Augen nicht, als er die Küche betritt. „Ich bin dein ganz spezielles Geburtstagsgeschenk", kichert er und dann fallen wir uns in die Arme. Oh, Mann, ich kämpfe wirklich mit den Tränen. Was für eine sagenhafte Überraschung!

Kurz darauf klingelt ein Partyservice, der jede Menge Speisen und Getränke liefert. Die Feier spielt sich wieder in der Küche ab, so wie bei der Einweihungsparty. Es wird gegessen, getrunken, getanzt und gelacht. Mom und Dad unterhalten sich lange mit Linneas Eltern. Jetzt hat sich Frau Holmqvist zu ihrem Mann auf den Rollstuhl gesetzt und ihre Arme um seinen Hals geschlungen. Sie sehen sehr glücklich aus. Elton hat mir irgendwann einmal erzählt, dass er es mag, wenn Leben im Haus ist. Ja, für Lins Eltern hat sich auch vieles verändert seit sie in diesem Haus wohnen. Tia ist happy, das ist deutlich zu sehen.

Bestimmt, weil sie Leevi nun persönlich kennenlernen kann. Elias und Helena quasseln mit Yuma. Linnea strahlt und ist total aufgekratzt. Sie so zu sehen ist mein schönstes Geburtstagsgeschenk.

Irgendwann flüstert Leevi mir ins Ohr: „Mein ganz persönliches Geschenk kommt noch."

„Echt? Was ist es denn?"

„Ab Mitternacht habe ich uns in ein paar Clubs angekündigt. Wird schließlich Zeit, dass du endlich mal das wilde Nachtleben Finnlands kennenlernst", grinst er und zwinkert mir zu.

Scheinbar ist bereits alles bestens organisiert. Meine Geschwister bleiben bei den Holmqvists, mit der Abmachung im Wohnzimmer ein Zeltlager veranstalten zu dürfen. Alle anderen brechen um Viertel nach zwölf in zwei Stretchlimousinen zur Erkundung des Nachtlebens auf. Meine Eltern wollen natürlich auch mitkommen, aber das ist O.K. Es ist gut, dass Lin ihre Freundin Tia eingeladen hat, so haben wir auch gleich eine Begleitung für Yuma und die zwei scheinen sich prächtig zu verstehen. Überall wo wir auftauchen, verursachen wir aus mehreren Gründen Aufsehen. Erstens müssen wir nirgends in der

Schlange stehen und werden von den Türstehern gleich durchgewunken. Zweitens fällt unsere große Gruppe auf, drittens wird Leevi überall erkannt und viertens gaffen alle Linnea an. Sie ist das absolut schönste Mädchen und sie gehört zu mir! Ich könnte platzen vor Stolz und Glück.

Gegen fünf Uhr am Morgen sind wir die Letzten in der Stretchlimousine. Lin hat ihren Kopf auf meine Schulter gelegt, ihre hochhackigen Schuhe ausgezogen und sich an mich gekuschelt.

„Hast du das alles organisiert?", frage ich sie leise.

„Nein, das war eine Gemeinschaftsaktion von Mona, deinen Geschwistern und mir. Und deine Eltern haben natürlich die Reisekosten für Yuma übernommen. Ihn mitzubringen war übrigens Saris Idee."

„Das kann ich mir vorstellen, sie ist ganz vernarrt in ihn, weil er immer Faxen mit ihr macht. Danke! Das war wirklich eine tolle Überraschung." Da Lin mir nicht antwortet, vermute ich, dass sie eingeschlummert ist. Es war ja auch wirklich ein langer und aufregender Tag. Von mir aus könnten wir ewig so weiterfahren, aber viel zu schnell hält der Wagen vor Grannys altem

Haus. „Wir sind da, Lin", flüstere ich leise und küsse sie leicht aufs Haar. „Ich bring dich noch zur Tür." Widerwillig steigen wir aus und gehen zum Eingang. Lin sperrt die Haustür auf. Ich kann sie jetzt nicht gehen lassen und nehme sie in meine Arme, um sie zu küssen. Wir schaffen es kaum, uns voneinander zu lösen, aber irgendwann nuschelt Lin an meinen Lippen, „bleib bei mir, Fin" und zieht mich in den Flur.

Mit meinem Handy leuchte ich uns den Weg. Wir haben unsere Schuhe ausgezogen und so schleichen wir auf Zehenspitzen die Treppe hinauf zu ihrem Zimmer. Lin sperrt die Tür hinter uns ab.

„Was tust du denn da?", frage ich hoffnungsvoll.

„Wenn deine Geschwister im Haus sind, kann man nie sicher sein", wispert sie, „und ich habe doch auch noch ein ganz persönliches Geburtstagsgeschenk für dich."

Verführerisch lächelnd kommt sie langsam auf mich zu. Mein Herz gerät aus dem Takt, mein Puls beschleunigt sich. „Ich glaube, dein Geschenk wird mir gefallen", murmele ich rau.

„Das denke ich auch", flüstert sie zurück und blickt verstohlenen zu ihrem Schreibtisch. Erst jetzt fällt mir auf, dass alles, was darauf herumgelegen hat, weggeräumt ist.

Das war der genialste Geburtstag, den ich mir vorstellen konnte, doch das Schönste war, Lin so glücklich zu sehen. Ich werde dafür sorgen, dass das für immer so bleibt und sie ihr Lachen nie wieder verliert. Das ist Tervo Ehrensache!

*** * ***

Ende

Etwa 230.000 Kinder und Jugendliche in Deutschland pflegen ihre Angehörigen.
Für soziale Kontakte, insbesondere unter Gleichaltrigen, bleibt meistens kaum Zeit. Einige haben Probleme in der Schule oder in der Ausbildung. Viele leiden unter Müdigkeit und Erschöpfungszuständen, haben selbst körperliche oder psychische Erkrankungen. Auch Spätfolgen sind häufig.
Wie gerne würde ich jeder und jedem eine Familie Tervo an die Seite stellen. Leider kann ich das nicht, aber ihr seid trotzdem nicht alleine. Hier finden Betroffene Hilfe:

www.nummergegenkummer.de

www.pausentaste.de

www.superhands.de

www.caritas.de

Danksagung

Der erste Dank geht an meine Lektorin, Rebecca Resch, die wie immer mit sehr viel Liebe und Fingerspitzengefühl gearbeitet hat.

Ein herzliches Dankeschön an meine Coverdesignerin Anke Koopmann, die wieder viel Geduld mit mir haben musste, bis ich endlich zufrieden war. ;-)
An meine Mädels und Testleserinnen aus „Josies kleiner Blogger-WG". Ihr seid die BESTEN!

Last but not least ein ganz besonderes Dankeschön an Euch, liebe Leserinnen und Leser. Vermutlich mehr Leserinnen als Leser, aber wie dem auch sei, ich wollte es nicht versäumen, Euch zu danken, dass Ihr mein Buch gekauft habt. Ist es mir gelungen, Euch für ein paar Stunden aus dem Alltag zu entführen?

So schlagt Euch also weiterhin wacker, Ihr tapferen Seelen, Ihr Heldinnen und Helden des Alltags, denn irgendwann wird es für uns alle Goldstaub regnen.

Linneas Haferkekse

125 g Butter
80 g Zucker
1 Päckchen Vanillezucker
75 g gemahlene Mandeln
125 g Haferflocken
125 g Schokolade (in kleine Stücke schneiden)
1 Ei oder 2 EL Speisestärke mit 2 EL Wasser verrühren.
60 g Dinkelmehl
1 TL Backpulver

Aus den Zutaten der Reihe nach einen Rührteig herstellen. Mit einem Teelöffel kleine Teig-Kleckse auf ein Backblech geben und bei 180 Grad im vorgeheizten Backofen ca. 20 – 25 Minuten lang goldgelb backen.

Josie wünscht gutes Gelingen!

Demnächst:

Linnea!
Endlich leben

Einen Großteil ihrer Teenager Zeit verbringt Linnea mit der Pflege ihres Vaters. Erst als Finley und seine sagenhafte Familie in ihr Leben treten, wendet sich das Blatt. Nun wohnen sie in Grannys altem Haus, ihr Vater wird gut versorgt und ihr großer Wunsch, Medizin zu studieren, ist in greifbare Nähe gerückt; sie hat ein Stipendium an der Stanford University ergattert. Außerdem geistert da immer noch ein Kindheitstraum in ihrem Kopf herum – Afrika. Denn jetzt will Linnea nur noch eins: Endlich leben!

Bisher erschienene Titel der Autorin:

Herzvibrieren   ISBN: 978-3-7431-0139-5

Herzturbulenzen   ISBN: 978-3-7448-4067-5

Penelope! Wirbelwind mit Herz
   ISBN: 978-3-7528-0361-7

Josephine! Tanzende Herzen
   ISBN: 978-3-7481-9118-6

Kontakt:
https://josie-kju.de
https://www.facebook.com/JosieKju
E-Mail: JosieKju@t-online.de

Penelope!
Wirbelwind mit Herz

*Der einfache Weg
kann niemals der richtige sein.*

Ein nicht zu bändigendes, irisches Kind, so wild wie ihre widerspenstigen roten Locken, das ist Penelope!

Als rebellische Teenagerin haut sie ab und schafft es tatsächlich von Dalkey bis nach New York. Als sie endlich ihr heißbegehrtes Stipendium an der Columbia ergattert hat, wirft sie ein tragisches Ereignis vollkommen aus der Bahn und sie droht von der Uni zu fliegen. Kurz entschlossen bricht Penelope in eine ungewisse Zukunft nach Finnland auf. Wird sie dort ein neues Zuhause und vielleicht noch sehr viel mehr finden?

Josephine!
Tanzende Herzen

*Eine einzige Entscheidung,
die dein ganzes Leben bestimmt.*

Helsinki 1946: Eigentlich ist allen klar, dass Josephine und Tino irgendwann heiraten werden. Doch dann lernt Josephine den beeindruckenden Gregory Ward aus Kalifornien kennen, der nur für ein paar Wochen seinen Großvater besucht.

Tino ist ihr Zuhause, aber mit Gregory tanzt ihr Herz. Für wen wird sie sich entscheiden? Und wie wird ihr weiteres Leben verlaufen?

90 Jahre lang hütet Josephine zahlreiche Geheimnisse. Jahrzehntelang führt sie ein erfolgreiches Doppelleben, aber jetzt will sie reinen Tisch machen, mit allem.

Herzvibrieren

Alles in mir sehnt sich nach dir.

Mona macht Ferien in Finnland. Sie will einfach nur ihre Ruhe haben und das Thema Männer ist für sie sowieso abgehakt. Das ändert sich, als der lustige Musiker Leevi in ihr Leben poltert, sie mitten in der Nacht aufweckt und ihre Tränen einfach wegküsst. Mit ihm zusammen zu sein lässt ihr Herz vibrieren. Doch dann geht Leevi für ein Jahr nach Australien. Die Sehnsucht ist groß. Wie werden sie die Zeit ohne einander überstehen? Und kann die Liebe wirklich ganze Kontinente überwinden?